妖怪《ようかい》一家九十九《つくも》さん

妖怪《ようかい》きょうだい　学校へ行く

富安陽子・作　山村浩二・絵

妖怪きょうだい　学校へ行く

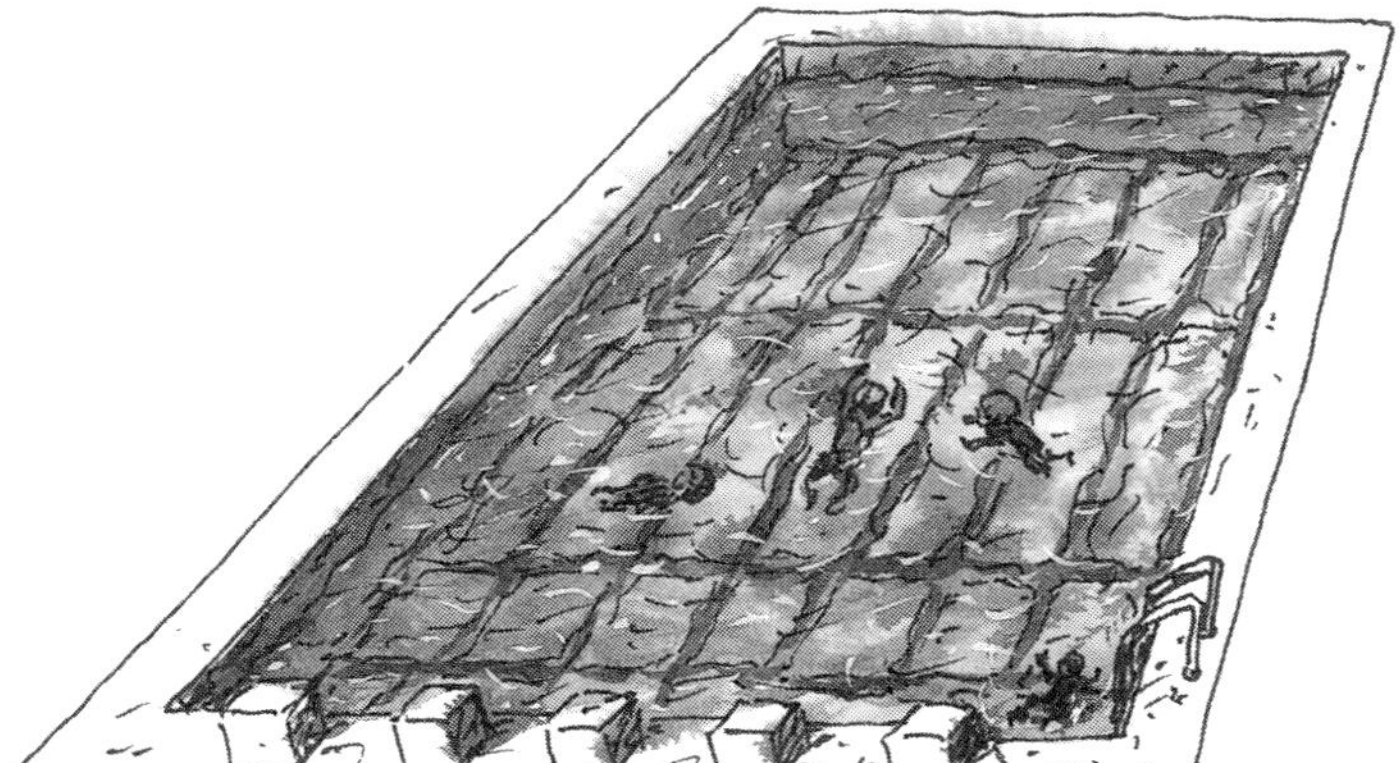

アダシノハラだんち
化野原団地

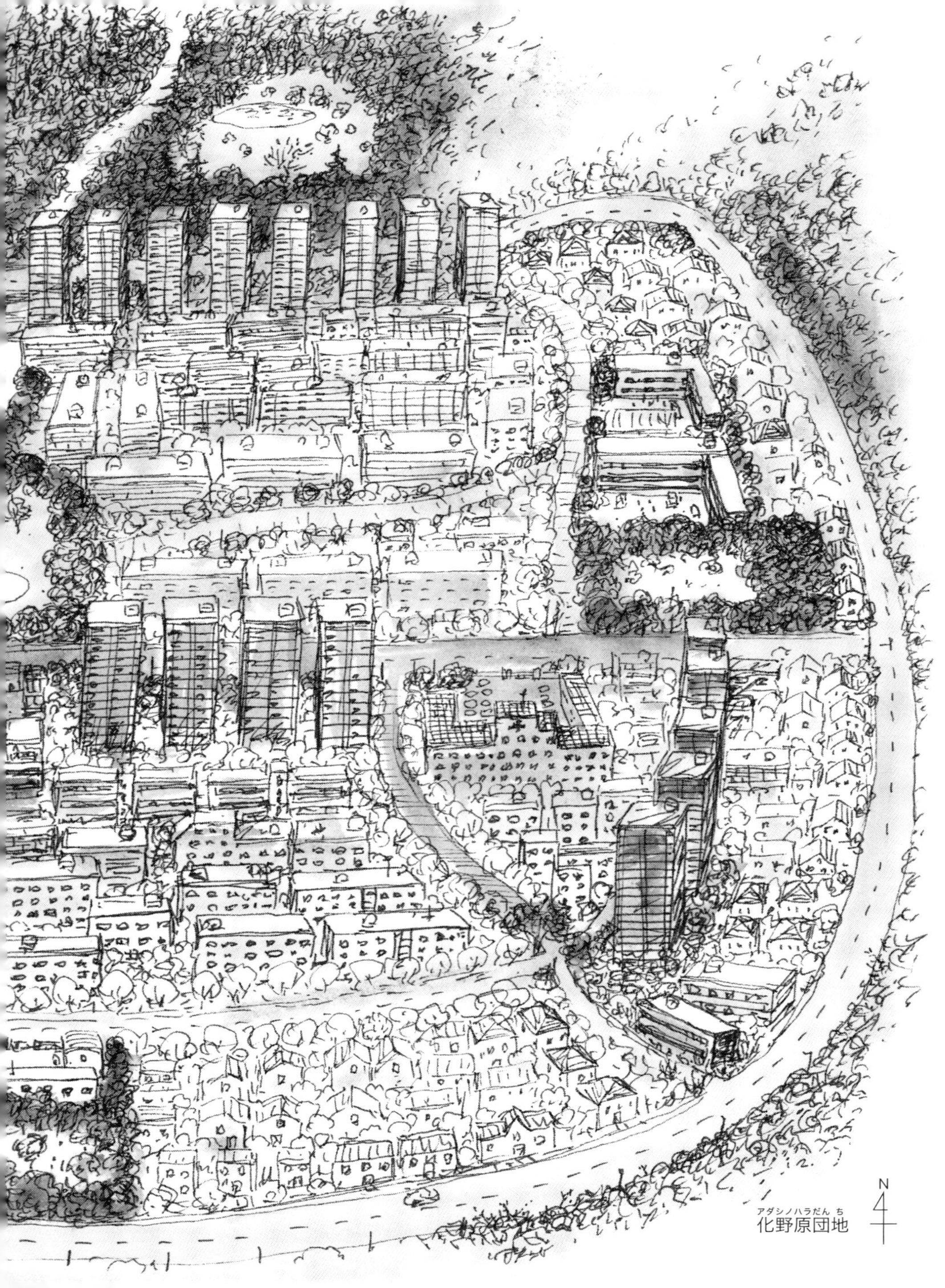

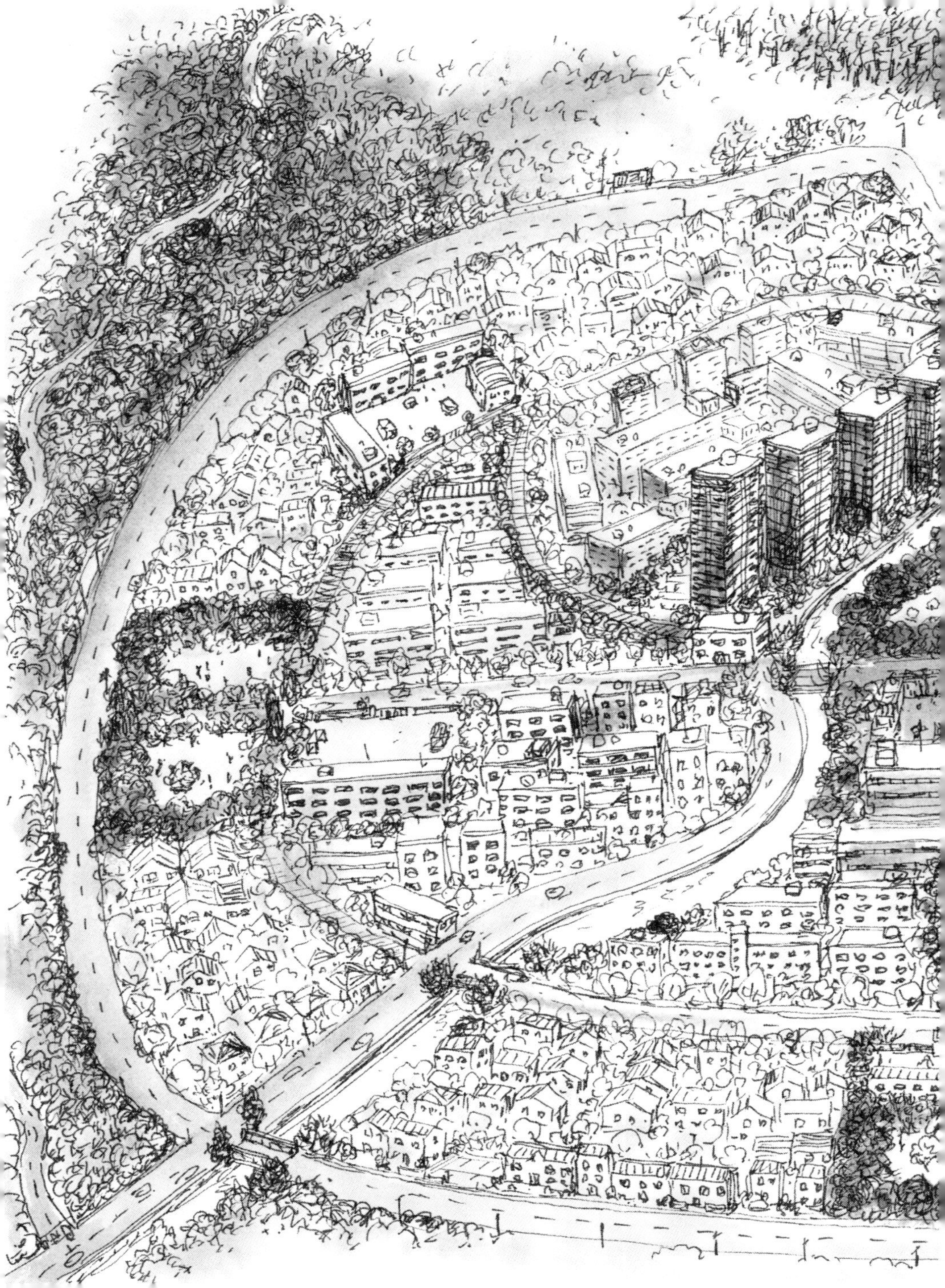

じめじめした雨の季節《きせつ》が終わり、化野原団地《アダシノハラだんち》に夏がやって来ました。ひしめくマンションの群《む》れは、真っ青な空の下でかがやき、通りぞいの街路樹《がいろじゅ》からはセミたちの大合唱《だいがっしょう》がひびいてきます。

町を囲《かこ》む山なみからわきだした入道雲がときおり、ザザザッと夕立を降《ふ》らせると、カラカラだった地面がちょっぴり冷《ひ》えて、ゆるやかな風が吹《ふ》きわたります。すると、その風のむこうから、夜の闇《やみ》がゆっくりしのび寄《よ》ってきて、町をすっぽりと包《つつ》みこむのでした。

太陽がしずんだ化野原団地の東町三丁目B棟《ビーとう》の地下十二階では、九十九《つくも》一家

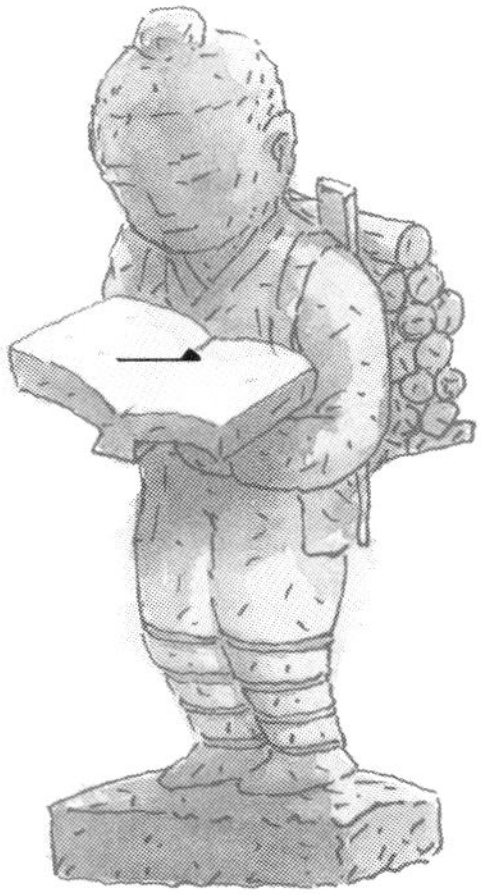

の妖怪《ようかい》たちの一日が始まろうとしていました。……と、言っても、市役所勤《づと》めのヌラリヒョンパパはいつもどおり、夜勤《やきん》シフトに間に合うように、夕方には家を出ていってしまっていましたし、ろくろっ首《くび》ママもその日は、パッチワーク教室の集まりに出かけてしまって、夕方から留守《るす》でした。

今、九十九さんのリビングルームには、見越《みこ》し入道《にゅうどう》のおじいちゃんと、やまんばのおばあちゃんと、三人の子どもたちが集まって、てんでに、ジュースやミルクを飲みながら、だらだらとテレビを見ていました。

「さあ？　そろそろ、散歩《さんぽ》に出かけるかな」

見越し入道おじいちゃんがそう言ってソファから立ち上がると、やまんばおばあちゃんもフロアの上のフカフカのクッションから、ぴょんと立ち上がり、張《は》り切《き》って言いました。

「あたしもお散歩、行ってこおよぉっと！」

おじいちゃんとおばあちゃんは、とっぷりと日が暮《く》れるころなので、もう家を出ていい頃合《ころあ》いだと思ったのでしょう。じめじめした暗がりが大好《だいす》きな妖怪《ようかい》たちにとって、カンカン照《で》りの太陽の下に出て行くなんてことは、非常識極《ひじょうしききわ》まりないことでした。大雨・暴風警報《ぼうふうけいほう》の真っただなか、わざわざ外出するようなものなのです。もちろん、本当に大雨・暴風警報が出ているような日なら、妖怪たちは大喜《おおよろ》びなんですけれどね……。

リビングの中が、子どもたちだけになると、サトリのさっちゃんが、ブツブツ文句《もんく》を言い始めました。サトリというのは相手の心の中をなんでもさとってしまう妖怪です。

「あああ、いやんなっちゃう。どうしてこんなに夜が短いんだろ？　お日さまはなかなかしずまないし、しずんだと思ったら、またすぐ出てくるし……。お日さまが出てると外はカラカラだし。夏なんて、つまんない。夏なんて、大っきらい」

すると、アマノジャクのマアくんが「イシシシシシ」と笑《わら》って口を開きました。

「つまんなきゃ、自分で面白《おもしろ》いことをめっければいいんだよ。おれ、すっごおく、オモシロイとこ、知ってるぜ」

〝つまらなければ、自分で面白いことをみつければいい〟というのは、しごくもっともな意見です。とても、アマノジャクの言葉《ことば》とは思えないほどりっぱではありませんか。だいたい、アマノジャクという妖怪は、わざと相手につっかかったり、さからったり、あべこべを言ったり、イタズラばかりをしているようなやつなのですからね。

そんなマアくんの性格《せいかく》をようく知っている一つ目小僧《こぞう》のハジメくんが怪《あや》しむようにたずねました。

「オモシロイとこって？」

マアくんは、二つの目玉をくるりとまわして、ニヤーリと笑いました。

「教えてやってもいいけど、これは、おれさまの、とっておきの秘密《ひみつ》だからなあ……。やっぱ、ただじゃ教えらんないね。おやつ三日分か、それとも、ママがホットケーキといっしょに焼《や》く厚切《あつぎ》りベーコンを三回分、おれにゆずってくれるんなら、教えてやるよ」

「じゃ、教えていらない」

さっちゃんは、そういうと、お人形のメメトちゃんと遊び始めました。

「ぼくも、いいや」

ハジメくんは、そう言って、テレビのニュースの画面に目を向けました。

「チェッ!! チェッ!! チェッ!!」

マアくんは三回舌《した》うちをして、さっきまでおばあちゃんが座《すわ》っていたクッションを腹立《はらだ》ちまぎれに、ボコスカけっとばしました。

「すっごく、面白《おもしろ》いとこなんだぜ! おやつ三日分じゃ安いぐらい、すっげぇ面白いんだぜ! ベーコン三回分なんて、安すぎるぐらいなんだからな!」

マアくんがそう言っても、ハジメくんもさっちゃんも、心を動かされる様子はありませんでした。さっちゃんは、お人形のメメトちゃんに話しかけていま

す。

「今日は、なにごっこする？　フランケンシュタイン博士《はかせ》と怪物《かいぶつ》ごっこ？　それとも、ゴルゴンの三姉妹ごっこがいい？」

「じゃ、特別《とくべつ》大サービスで、おやつ二日分でどうだ!?」

マアくんが叫《さけ》びましたが、ハジメくんとさっちゃんは知らん顔です。ハジメくんは、ニュースを見ながら「へぇ、今年の夏は水不足《ぶそく》が心配されてるのかあ……」なんて、つぶやいています。

「チェッ!!　チェッ!!　チェッ!!　チェッ!!」

マアくんはまた、クッションを、けとばし、地団駄《じだんだ》をふみました。

「じゃあ、もう、出血《しゅっけつ》大サービスだ！　おやつ一日分！」

ハジメくんもさっちゃんも、知らん顔です。マアくんは、とうとう頭をかきむしり、キイキィ声で叫びました。

「チェッ!!　チェッ!!　チェッ!!

わかったよ！　わかったよ！　じゃあさ、ホットケーキの時のベーコン、半分でいいよ！　それも一回だけ！」

やっとハジメくんが、マアくんの方を見て言いました。

「いいよ。そんなに、教えたいんなら」

さっちゃんも、メメトちゃんとおしゃべりするのをやめて、マアくんに言いました。

「いいよ。あたし、ベーコン、あんまり好《す》きじゃないもん。あたし、ソーセージの方が好き」

マアくんは口の中でブツブツ言っています。

「……じゃ、最初《さいしょ》っからベーコン三回、おれにくれるって言えばいいじゃんか」

さっちゃんは、そんなマアくんをジロリと見て言いました。

「マアくん、その面白《おもしろ》いとこってどこなのか、教えてくれるの？　くれないの？　教えてくれないんなら、あたし、メメトちゃんと、四谷怪談《よつやかいだん》ごっこするの？

ことにしたから、お部屋に行くけど……」

「わかったよ。わかったって言ってんだろ」

マアくんは、トゲトゲした声でそう答えましたが、すぐ、目玉をぐるーりと回して、ひそひそ声で、ハジメくんとさっちゃんに言いました。

「その面白《おもしろ》いとこってのはさ、学校だよ」

「学校？」

ハジメくんもさっちゃんも声を合わせて聞き返します。

「しーっ！」

マアくんは三人以外《いがい》だれもいないリビングの中で、あたりをキョロキョロ見回しました。そして秘密《ひみつ》めいた様子で、こんなことを言ったのです。

「学校っていっても、ただの学校じゃないぜ。廃校《はいこう》になった空っぽの、古い学校なんだ」

「ハイコウって、なに？」

さっちゃんがたずねると、マアくんの代わりにハジメくんが答えました。

「廃校っていうのは、もう使わなくなっちゃった学校のことだよ」

「どうして、使わなくなっちゃったの？」

さっちゃんが聞くと、マアくんが肩《かた》をすくめました。

「知らない。でも、とにかく、その学校は、だぁれもいなくて、ボロボロで、じめじめしてて、ほこりっぽくて、ゾゾゾってするぐらい不気味《ぶきみ》で、ステキなんだ」

「そんな廃校《はいこう》なんて、化野原《アダシノハラ》団地《だんち》にあったっけ？」と、首をかしげたのはハジメくんです。

マアくんが、うれしそうに「シシシ」と笑《わら》いました。

「この団地ん中にあるんじゃないよ。お日様がしずむ方の山を一つ越《こ》えた先の、ちっちゃな町の中にあるんだよ。おれ、この前、散歩《さんぽ》してて、めっけたんだ」

ハジメくんは、一つしかない目を丸くしてマアくんをみつめました。

「おまえ、そんな遠くまで、散歩に行ってんの？」

「たまにね」

マアくんは、ちょっと得意《とくい》そうに、ニヤリとしました。

「だって、おれさまが、ひとっぱしりすれば、ひと山越すのなんて、アッという間だからな」

そうなのです。アマノジャクのマアくんは、ちょっとひねくれたやつではありましたが、大変《たいへん》な力持ちで、そのうえ、走る速さはスポーツカーなみでした。

「とにかく、その空っぽの学校はさ、こんな暑くるしい夏の夜でも、じめっとしてて、ひやっとしてて、おれたちがリフレッシュするには、もってこいの場所なんだ。それに、なにより、その学校には、プールもあるんだぜ！」

「プール？」

さっちゃんが、聞き返しました。マアくんは、「うん、うん」と、二回うなずきます。

「そう！　プールだ。おれなんて、この前、だあれもいない、真夜中の学校のプールで泳いだんだぜ！　その、気持ちのいいこと、楽しいこと！」

ハジメくんとさっちゃんは、マアくんの前で顔を見合わせました。どうやら、じめっとして、ひやっとして、ゾゾッとする、プール付《つ》きのオンボロ学校に心を動かされたようです。そこで、すかさずマアくんが、そそのかすようにささやきました。

「どう？　これから、みんなで遊びに行かないか？」

「え？　今から？」

ハジメくんが、ギョギョッとしたように、一つ目玉でマアくんを見ました。

マアくんはニヤニヤ笑《わら》いながらうなずきます。

「でも……」と、ハジメくんは言いました。

「ぼくも、さっちゃんも、マアくんみたいに、ひとっぱしりで山を越《こ》えたりできないよ。そんな遠くまで遊びに行ってたら、夜があけるまでに帰ってこられないかもしれないよ。夏の夜って短いんだから……」

「イシシシシシシ……」

マアくんは、愉快《ゆかい》そうに大笑いしました。

「だいじょうぶだって。おれが連《つ》れてってやるよ。ママの自転車に三人でのっかってきゃいいんだ。おれが、ビュンビュン、ペダルをこいで、超《ちょう》スピードで山の向こうまで運んでやるよ」

ハジメくんとさっちゃんは、だまって、もう一度、顔を見合わせました。

さっちゃんがハジメくんを見て、言いました。

「お兄ちゃん。今〝行ってみたいな〟って思ってるよね？」

たしかにハジメくんは、マアくんのいう、その山の向こうの廃校《はいこう》に行ってみたいな、と思っていました。実は、この団地《だんち》に引《ひ》っ越《こ》してきた時からずうっと、ハジメくんは、学校というところに一度は行ってみたいな……と思っていたのです。だって、ふつうの家とちがって、子どもばっかりが大勢《おおぜい》集まってワイワイやっているなんて、いったい、どんなところなんだろうと不思議《ふしぎ》に思うのも当然《とうぜん》です。妖怪《ようかい》には、勉強もテストもありませんし、もちろん学校へ行ったことなんてありません。妖怪一家の子どもたちが学校の様子を知る機会《きかい》といったら、大画面のテレビでみる番組の中ぐらいなものでした。

だからハジメくんは、その空っぽの、ゾゾゾッとするようなオンボロ学校の中を実際《じっさい》に見学してみたいな、と思ったのです。

「あたしも、行ってみたいな」

さっちゃんがそう言ったので、マアくんは、もう大喜《おおよろこ》びで、ぴょんぴょん跳《と》びはねました。

「行こうぜ！　行こうぜ！　学校へ行こう！　プールだって、ついてるぜ！」

「わかった」

ハジメくんが、うなずきました。

「じゃあ、今夜は、みんなで学校へ行こう」

「そうこなくっちゃ！」

マアくんが、ひときわでっかく、ソファの上でジャンプをきめ、さっちゃんは、お人形のメメトちゃんをテレビの横のスツールの上に座《すわ》らせて言いました。

「メメトちゃん。四谷怪談《よつやかいだん》ごっこは、ちょっと、おあずけだよ。あたしは、これから、学校に行ってくるからね。メメトちゃんは、おりこうに、お留守番《るすばん》してててね」

こうして、その夏の夜、九十九《つくも》さんちの三きょうだいは、山の向こうの学校に出かけることになったのでした。

ハジメくんと、マアくんと、さっちゃんはマンションの共有玄関《きょうゆうげんかん》の横にある自転車置《お》き場《ば》からママの自転車をひっぱりだし、山むこうの町へ出発することにしました。一台の自転車に三人で乗っかるのは、なかなか大変《たいへん》でしたが、三きょうだいは、なんとかかんとか乗りこみました。さっちゃんが自転車の前カゴに入り、マアくんがサドルに座《すわ》り、ハジメくんが後ろの荷台に座って、マアくんにしがみついたのです。

え？　自転車三人乗りなんて危《あぶ》ないですって？

もちろん、子どもが自転車にこんな乗り方をしたら、とっても危険《きけん》ですし、

たちまち、おまわりさんにしかられることでしょう。でも妖怪《ようかい》というものは、鳥の羽よりも身軽なうえに、鋼鉄《こうてつ》より丈夫《じょうぶ》な体を持っているのですから、人間と同じルールはあてはまらないのです。だから妖怪三きょうだいは、迷《まよ》わず、自転車に乗りこみました。

「さぁ！　いくぞ！」

みんなが位置《いち》につくと、マアくんがはりきって叫《さけ》びました。

そして、マアくんは、ものすごい勢《いきお》いでペダルをこぎだしたのです。

まあ、その速いこと、すごいこと。それはもう、自転車とは思えないほどでした。

マアくんの踏《ふ》むペダルは、目にも止《と》まらぬスピードでがんがん回り、前輪《ぜんりん》と後輪はアスファルト道路の上を火花でも散《ち》らしそうな勢いでゴーゴー転がっていきました。自転車は闇《やみ》をつき、風を切り、ジェットコースターなみのスピードですっ飛《と》んでいきました。

山道を登り、山を越《こ》え、隣町《となりまち》に向かう途中《とちゅう》、マアくんの自転車は、何台かの車を追《お》い抜《ぬ》き、何台かの車とすれちがいました。でも車に乗っている人たちは、自転車のスピードがあまりに速すぎて、自分たちを追《お》い越《こ》して行ったものが何なのか、今、すれちがったものは何だったのかぜんぜんわかりませんでした。ただ、その人たちは、何か、黒いかたまりが六つの光を灯《とも》しながら車のそばを、バビュンと過《す》ぎていったような気がしただけです。六つの光というのはつまり妖怪《ようかい》三きょうだいの五つの目玉と自転車のライトの光だったんですけれどね……。

そんなわけで、マアくんの言葉通り、自転車はあっという間に山を越え、いっという間に隣町に到着《とうちゃく》していました。町の中に入ると、マアくんはやっと、ペダルをこぐスピードをゆるめました。おかげでハジメくんとさっちゃんは、ゆるやかに走る自転車の上から町の様子を見物することができました。

そこは町と言っても、化野原《アダシノハラ》団地《だんち》とはまるで様子がちがっていました。山すその平らな地面の上には、田んぼや畑が広がり、家の灯《ひ》は、闇《やみ》の中にまばらに散《ち》らばっています。化野原団地にニョキニョキはえているような背《せ》の高い建物は一つもなく、街灯《がいとう》の光さえ深い夜の闇にかき消されそうにかすかでした。

「すてきな町だね」

闇が大好きな妖怪たちです。ハジメくんがしみじみつぶやくと、前カゴのさっちゃんもうれしそうにうなずきました。

「ほんと！　暗くて、静《しず》かで、しけった風が吹《ふ》いてて、いい感じ！」

「イシシシシシ……」と、マアくんが大喜《おおよろこ》びで笑《わら》いました。

「だろ？　だろ？　でも、今から行く学校は、もっともっとステキなんだぜ」

その町の道路には人通りもなく、車も走っていませんでした。頼《たよ》りない街灯の光に照《て》らされた、暗い田んぼの中の一本道を、マアくんのこぐ自転車は走っていきました。いま越えてきた山なみの反対側《がわ》にもまた山々が連《つら》なっています。その小さな町は、四方を山に囲《かこ》まれていたからです。自転車は、その反対側の

山すそにむかっているようでした。そして、そっちにむかって走っていけばいくほど、闇《やみ》は濃《こ》くなっていきました。

ぽつん、ぽつんと田んぼの中に散《ち》らばっていた家の灯《ひ》もとぎれ、道端《みちばた》にならんでいた街灯《がいとう》の、最後《さいご》の一本の前を過《す》ぎると、辺《あた》りは、真っ黒い毛布《もうふ》に包《つつ》まれたみたいになりました。闇の中に浮《う》かぶ正面の山々のシルエットは、いよいよ黒く、こっちに向かって、おおいかぶさってくるような気がします。

そんな、真っ黒けの闇の中で、妖怪《ようかい》の子どもたちの目は、ランランと輝《かがや》きを増《ま》しました。

「さぁ、着いたぜ！」

走ってきた一本道の終点で、マアくんが言いました。

ブレーキをかけると、山道をゴンゴン走ってきた自転車は、キ、キ、キィと悲鳴《ひめい》を上げて止まりました。

黒々とした山に抱《いだ》かれて、古ぼけた小さな学校が建《た》っていました。その学校もやっぱり化野原団地《アダシノハラだんち》の小学校とはぜんぜんちがっていました。

化野原団地の小学校の校舎《こうしゃ》はピカピカの三階建ての鉄筋《てっきん》コンクリート製《せい》です。でも、この町の学校は、木造《もくぞう》の小さな二階建て校舎でした。しかも、その校舎はボロボロで、あっちこっちの壁板《かべいた》がはずれていたり、窓《まど》ガラスが割《わ》れてトタン板がはりつけてあったり、屋根瓦《やねがわら》がはがれ落ちたりしているのです。

「ワァ！　ステキ！」

サトリのさっちゃんが、自転車の前カゴからピョンと飛《と》び下《お》りながら言いました。

「古くて、ボロくて、イカしているねぇ」

一つ目小僧《こぞう》のハジメくんも、一つきりの目をかがやかせて、自転車の荷台から飛び下りました。

マアくんは、ガランとした校庭の隅《すみ》っこに自転車をよせました。校庭の隅には古ぼけた二宮金次郎《にのみやきんじろう》の銅像《どうぞう》が黒々とたたずんでいます。銅像の横に、自転車

二宮金次郎

を止めながら、マアくんはうれしそうにまた、「イシシシシシ」と笑《わら》いました。

「だろ？　だろ？　チョーイカシてんだろ？」

そこはもうずいぶん前に廃校《はいこう》になった町の小学校でした。子どもの数が減《へ》り、とうとうその年の新入生がひとりだけになってしまった時、隣町《となりまち》の小学校と合併《がっぺい》することになったのです。それ以来十年以上、通う子どものいなくなった学校は、この町のはずれに取《と》り残《のこ》されたままでした。しかし、ついに今年の秋、その学校も取《と》り壊《こわ》されることになりました。

このオンボロ校舎《こうしゃ》は、夏が終われればバラバラに解体《かいたい》され、なくなってしまうのです。

小学校との別《わか》れを惜《お》しむ町の人たちのために、役場の人たちは、この夏、ささやかなイベントを企画《きかく》しました。

使う人のなかった小学校のプールを、その夏だけ町営《ちょうえい》プールとして町の人たちに開放した、というわけです。プールは、大いににぎわいました。毎日、夕方まで、町の人たちがプールにやってきて、遠い小学校時代を思い出しながらプール遊びを楽しみました。

でも、もちろん、こんな夜中、プールに人影《ひとかげ》はありません。

「あっちだぜ。早くプールに入ろうぜ!」

はりきるマアくんは、ピョンピョンとスキップしながら、暗い校庭を横切り、校舎《こうしゃ》の横にあるプールまで跳《は》ねていきました。ハジメくんとさっちゃんも、その後ろについていきます。

校庭には、山から吹《ふ》きおりてくる土と木のにおいの風と、田んぼをわたってくる青々とした稲《いね》のにおいの風がうずまいていました。

細い細い三日月はもうとっくに、太陽を追いかけてしずんでしまっています。

フェンスに囲《かこ》まれた校舎の横のプールは、ふるような星空の下、かすかにさざ波をたてて静《しず》まっていました。

フェンスの途中《とちゅう》にある出入り口の扉《とびら》には鍵《かぎ》がかかっていましたが、マアくんは、みんなの先頭をきって、フェンスに飛《と》びつきました。

そして、プールの囲いのてっぺんにのぼると、そこから水の中へとジャンプしたのです。

バッシャーン……と、水しぶきはあがりませんでした。なぜって妖怪《ようかい》には、ほとんど重さがないのですから、当たり前です。

水しぶきをあげず、スルリとプールに飛びこんだマアくんは、冷《つめ》たい水の中からすぐに頭をつきだし、ハジメくんたちに手を振《ふ》りました。

「おうい、早く来いよー！　気持ちいいぜ！」

ハジメくんとさっちゃんは一瞬《いっしゅん》顔を見合わせましたが、ふたりとも、すぐ、はじかれたようにフェンスに飛びつきました。

そして、あっというまにフェンスをのぼるとてっぺんに立って、マアくんと同じように、そこからプールに飛びこみました。

バッシャーン……と、今度も水しぶきはあがりませんでしたが、ハジメくんとさっちゃんの体はスルリ、スルリと水の中にすべりこみました。

「きぃもちいいい！」

ハジメくんが、スイスイと水をかきながらニコニコして言いました。ハジメくんは、みごとな平泳ぎで夜のプールの中を泳ぎ回っています。

「うわぁ、つめたーい！」

さっちゃんも、はしゃいだ声で言いながら水の中をあおむけになって泳ぎ始めました。さっちゃんの泳ぎ方は、あおむけのまま、足だけをのばしたりちぢめたりして進むイカ泳ぎでした。

「だろ？　だろ？　チョー気持ちいいだろ？」

マアくんは犬かきで、水の中をつき進みます。

平泳ぎのハジメくんと、イカ泳ぎのさっちゃんと、犬かき泳ぎのマアくんは、しばらくプールの中を泳ぎ回り、夜の闇《やみ》の匂《にお》いと、冷《つめ》たい水の感触《かんしょく》を心ゆくまで楽しみました。

「ねぇ、水中オニゴッコしようよ！」

そう言いだしたのは、さっちゃんでした。そう言うなり、さっちゃんは、プクンと水の中にしずんで見えなくなりました。続《つづ》いて、ハジメくんが叫《さけ》びました。

「じゃ、マアくんが、鬼《おに》だよ！」

「えっ？ずるいぞ！」と、マアくんが文句《もんく》を言った時には、ハジメくんの姿《すがた》も水の中に消えていました。

「チェッ!! チェッ!! チェッ!!」と舌《した》うちをしながら、それでもマアくんは、うきうきしていました。だって、真っ暗な夜のプールでオニゴッコだなんて、チョー楽しそうって思ったからです。

「ようし！　行くぞお！」

マアくんは、張《は》り切《き》ってそう叫ぶと、ハジメくんとさっちゃんの後を追って、水の中にもぐりました。

水の中は、水の上よりも、もっともっとステキでした。夜空でまたたいていた星の光も、ここまでは届《とど》きません。闇《やみ》の中で目のきく妖怪《ようかい》といえども、さすがに、ゆらゆらとゆれる水底《みずぞこ》の闇の中で目標《もくひょう》をみつけるのは、簡単《かんたん》ではありませんでした。鬼のマアくんから逃《に》げ回《まわ》るハジメくんとさっちゃんは黒い影法師《かげぼうし》のようになって、時折《ときおり》、ひゅっとあっちに行ったり、ひゅひゅっと、こっちに泳いできたり、つかみどころがありません。

だれが、どこにいるのやら、どっちの影法師がハジメくんで、どっちの影法師がさっちゃんなのやら、なにがなんだかわからなくって、それがまた、とても面白《おもしろ》いのです。

「待てぇー」と、水の中で叫んだマアくんの言葉は、ボコ、ボコ、ボコーというアワブクのかたまりになって水面にのぼっていきました。

さいわい妖怪というものは、息をする必要もなければ、習慣《しゅうかん》もありませんでしたから、水の中にどれだけ長くもぐっていてもへっちゃらでした。

真っ暗な水の中を、あっちに行ったり、こっちに行ったり、影法師を追いかけ回していたマアくんは、そのうち、一つの作戦《さくせん》を思いついて、プールの底《そこ》までもぐっていきました。

水の底の底、プールの底のコンクリートの床《ゆか》のところまでもぐったマアくんは、あおむけになって、自分の上を泳ぎ回る、ハジメくんとさっちゃんの姿《すがた》をとらえようと、目を大きく見開きました。

見えました。見えました。いちばん底から見上げると、水の中を泳ぐ影法師《かげぼうし》の動きがはっきりと見えます。

『ようし！　つかまえるぞぉ！』

そう思った時でした。マアくんはおかしなことに気づきました。

暗い水の中を泳ぎ回る影法師が、二つではなく、三つ見えるのです。

一つはハジメくん。一つはさっちゃん。……では、あと一つの影法師は、いったいだれでしょう？

こんな夜中に、真っ暗な学校のプールで泳いでいるやつが、マアくんたちの

他にもいるなんて、びっくりです。
ちょうどその時、マアくんの真上を、ハジメくんが、スイスイスイと通りかかりました。
マアくんは、カエルみたいにプールの底をけって、水の中でフワリとジャンプすると、エイヤッとばかり、ハジメくんをとっつかまえて、水の上に浮《う》かびあがりました。

「わぁ！　つかまっちゃったあ！」

水の上に顔をつきだしたハジメくんは楽しそうに笑《わら》っています。

「おい、プールん中にだれかいるぞ」

マアくんは、ハジメくんに、ひそひそ声で報告《ほうこく》しました。ハジメくんは、きょとんとしています。

「え？　だれかって、まだ、さっちゃんがつかまってないだろ？」

「ちがう！　ちがう！　ちがう！」

マアくんは髪《かみ》の毛から、水しぶきをまき散《ち》らしながら首を横にふりました。

「おれと、兄ちゃんと、さっちゃんの他に、もう一人、水ん中を泳いでいるやつがいるんだったら！」

「え？　もうひとり？」

ハジメくんは驚《おどろ》いたように、一つ目で、じっと水の中を見透《みす》かしました。

そうです。ハジメくんの、一つだけの目は、すばらしくよく見える目なのです。その気になれば、望遠鏡《ぼうえんきょう》より遠くのものも、顕微鏡《けんびきょう》より小さなものも、なんだって見えちゃうんですからね。

「……さっちゃんしかいないよ」

やがてハジメくんは、きっぱりと言いました。

「そんなはずないって！　さっき、おれ、見たんだから！　プールん中をハジメ兄ちゃんとさっちゃんの他に、もうひとり、だれかが泳いでいたんだから！」

その時、一人で水の中を逃《に》げ回《まわ》るのにあきたさっちゃんが、プクンと水の上に顔をだしました。

さっちゃんは、ふくれっ面《つら》をして、ハジメくんとマアくんをにらんでいます。

「ねぇ、どうして、だあれも、つかまえに来てくんないの？　オニゴッコは、もう、やめちゃったの？」

ハジメくんがさっちゃんに説明《せつめい》しました。

「マアくんがね、ぼくたちの他にもう一人、水ん中を泳いでるやつがいたって言うんだよ。そいつを見たんだって」

さっちゃんは星明《ほしあ》かりの下、光る目でじっとマアくんをみつめました。

そうです。サトリのさっちゃんの目は、だれの心の中も、すっかり見透《みす》かしてしまうんです。その人が、うそを言っているかどうかも、すぐに見抜《みぬ》いてしまうんですよ。

「ほんとみたいだね」と、さっちゃんは言いました。

「マアくんはうそを言ってないよ」

「ほうら、みろ！」と、マアくんが胸《むね》をはります。

さっちゃんの言葉を聞いたハジメくんは改《あらた》めて、不思議《ふしぎ》そうに、暗い水の中をみつめました。

「でも……。それじゃあ、そいつは、どこに行っちゃったんだろう？」

暗いプールは静《しず》まりかえって何も答えてはくれません。

「あ……」と、その時、さっちゃんがハジメくんを見て言いました。

「ハジメ兄ちゃん、帽子《ぼうし》がないよ。帽子はどこにやったの？」

「あ……、いけね」

ハジメくんは、びっくりして頭に手をやりました。オニゴッコをしているうちに、水の中でぬげてしまったのでしょう。いつもかぶっている帽子がありません。

ハジメくんは、あわてて、一つ目玉で、プールの中や、プールの周《まわ》りを見回しました。でも、ないのです。さっきまで、かぶっていたはずの帽子は、影《かげ》も形もありませんでした。

「おかしいなあ……。プールに来るまでに、どっかで落っことしたのかなあ……」

そうつぶやくハジメくんに、マアくんが首を横にふりました。

「いいや。プールに飛びこんだ時は、まだ、ちゃあんと兄ちゃんの頭の上にのっかってたぜ」

プールの中で、妖怪《ようかい》三きょうだいは顔を見合わせました。

ハジメくんがまたつぶやきました。

「じゃあ、どこにいっちゃったんだ？　ぼくの帽子《ぼうし》。……どこにいっちゃったんだ？　プールの中を泳いでたやつ……」

しめった、なまあたたかい夜の風が、ふわりとあたりを通りすぎていきました。プールの水面が、何かささやくようにゆれます。

その時、真っ暗なオンボロ校舎《こうしゃ》のどこかからとつぜん軽《かろ》やかな音が聞こえてきました。

ポロ、ポロ、ポロ、ロロロ……。

「……ピアノだ……」と、さっちゃんがささやきました。

「エリーゼのためにだ……」と、ハジメくんがつぶやきました。

「いったい、だれが弾《ひ》いてんだ？」と、マアくんが首をひねりました。

マアくんと、ハジメくんと、さっちゃんは、プールの中でもう一度顔を見合わせました。
まだ、ピアノの音は聞こえていました。

「あいつかもしんない。プールの中にいたやつが、ピアノ弾《ひ》いてんのかもしんないぜ」

マアくんは、プールの隣《となり》にボロッと建《た》っている校舎《こうしゃ》をみつめて言いました。

「そいつが、ハジメ兄ちゃんの帽子《ぼうし》を持ってったのかもよ」

さっちゃんの言葉《ことば》にハジメくんは一つ目玉を丸くしました。

「どうして？　なんで、そいつが、ぼくの帽子を持ってったりするんだよ」

「だってさ」とさっちゃんは言います。

「プールの中から、なくなったものが、ふたあつ。泳いでいただれかさんと、

ハジメ兄ちゃんの帽子。……そしたら、そのいなくなっただれかさんが、帽子を持ってっちゃったって考えるのがふつうじゃない？」

「うーん……。なるほど……」

うなずくハジメくんにむかって、マアくんが、うきうきした調子で言いました。

「行こうぜ！　あいつをつかまえに。学校ん中に行ってみようぜ！　帽子泥棒《どろぼう》を、とっつかまえて、ふんづけて、ギタンギタンにしようぜ！」

ハジメくんは困《こま》ったようにまばたきをします。

「べつに、ふんづけて、ギタンギタンにしなくっていいよ……。でも、帽子は捜《さが》し出《だ》さなくちゃ……。あれ、お気に入りなんだ」

そこで、九十九《つくも》さんちの三きょうだいは、プールを出て、とにかく学校の中に入ってみることにしました。

まず、水からあがった三人は、プールサイドで、おもいっきり、犬みたいに体をふるわせて水しぶきをはねとばしました。妖怪《ようかい》は、プールで泳ぐ時も、いちいち服をぬいだりしませんから、三人のシャツやズボンやスカートからはボタボタと水がしたたっていたのです。でも、そうやって、ブルブルブルブルッと体をふるわせると、水のしずくは、ほとんど飛《と》び散《ち》ってしまって、三人はもう、ぐしょぐしょではなく、しけしけぐらいになりました。それでやっと三人は、フェンスを乗《の》り越《こ》え、真っ暗な学校の正面玄関《げんかん》へと歩いていきました。

「もう、ピアノ、聞こえないね」

玄関の前に到着《とうちゃく》すると、じっと耳を澄《す》まして、さっちゃんが言いました。

校舎《こうしゃ》の入り口にはロープが一本はられているだけで、扉《とびら》は、壊《こわ》れてしまったのか、取りはずされていました。だぁれもいない学校が、ポカンと暗い口を開け、こっちを見下ろしているようです。

「ピアノの音、さっき、二階のほうから聞こえてたよね。行ってみようか」

ハジメくんが言うと、マアくんはりきって、ぴょんぴょんジャンプしました。

「行こうぜ！　行こうぜ！　早く、あいつを、つかまえに行こうぜ！」

そこで三人は〝立ち入り禁止《きんし》〟の札《ふだ》がぶらさがったロープを乗り越え、校舎の中へ足を踏《ふ》みいれました。

校舎の中は本当に、真っ暗で、ほこりっぽくて、ガラクタだらけで、ジメジメしていました。

もし、妖怪たちが、これほど軽くなかったら、きっと、みんなが歩くたびに、床《ゆか》に積《つ》もったほこりが舞《ま》い上《あ》がり、くさりかけた床板《ゆかいた》がギシギシキイキイ悲鳴《ひめい》をあげたことでしょう。

でも、妖怪《ようかい》の三きょうだいは、ほこり一つたてず、床板《ゆかいた》一枚《まい》きしますことなく、真《ま》っ暗闇《くらやみ》の中、ガラクタをフワリフワリと飛《と》び越《こ》えて、音もなく進んでいきました。

「すてきな学校！　こんな学校だったら、あたしも毎日通いたいな」

さっちゃんが、天井《てんじょう》にかかった巨大《きょだい》なクモの巣《す》をうっとりと見上げて言いました。

ハジメくんも闇《やみ》に光る一つ目玉で感心したようにあたりを見回しています。

「ほんとに、とことんボロボロ。で、すっごくジメジメして、ほこりとかびの匂《にお》いがするなぁ。こんなすてきな学校を使ってないなんて、もったいないよ」

「だろ？　だろ？」

マアくんが得意気《とくいげ》に口を開きます。

「おれさまの言ったとおりだろ？」

2-2

やがて廊下《ろうか》のはずれに二階へと続《つづ》く階段《かいだん》が見えてきました。

「あれ？　今、何か聞こえなかった？」

ハジメくんが階段の上を見上げて首をかしげました。

「なんかって、なんだ？」と言うマアくんをさっちゃんが「しっ！」と言ってだまらせました。ハジメくんとマアくんとさっちゃんは口をとじ、暗闇《くらやみ》の中でじっと耳を澄《す》ませました。

ゴトン……ゴトン……ゴトン……ゴトン、
カシャン……カシャン……カシャン……。

何かが動き回っているようなかすかな音が聞こえます。

二階の廊下を、だれかが……それとも何かが、移動《いどう》しているようです。

「あいつかな？」と、マアくんがささやきました。

「かもね……。でも、へんな足音」と、さっちゃんが肩《かた》をすくめます。

ハジメくんが階段の上にむかって、声をかけました。

「こんばんはぁ。だれか、いますかぁ」

みんなが耳を澄ませても答えるものはありません。でもやっぱり、あのおかしな足音だけが、二階からひびいてくるのです。

ゴトン、ゴトン、ゴトトトトン、
カシャン……カシャ……カシャシャシャン……。

「行ってみようぜ！」

そう言うなり、マアくんがいきなり、階段を駆《か》け上《のぼ》り始めました。その階段も、あちこち板が抜《ぬ》けて、まるで落とし穴のように床下《ゆかした》がぽっかり口を開けていましたが、身軽なマアくんは、そんな穴《あな》ぼこをらくらく飛びこし二階に上がっていきました。一歩遅《おく》れて、ハジメくんとさっちゃんも、そのあとに続きます。

「わお！」

真っ先に二階にたどりついたマアくんが、廊下の入り口で叫《さけ》びました。

「見ろよ！　あいつ、帽子《ぼうし》かぶってるぞ！　あれ、兄ちゃんの帽子じゃねぇか？」

あとからやってきたハジメくんとさっちゃんも、二階の廊下《ろうか》をのぞきこんで「あっ！」と声をあげました。

目を丸くしたさっちゃんが、ぼそっと言いました。

「なんで、ガイコツが帽子かぶって散歩《さんぽ》してるわけ？」

そうです。そうなのです。だぁれもいない、ボロボロの校舎《こうしゃ》の、真っ暗な二階の廊下を、ガイコツがひとりで、ゴト、ゴト、ガッシャンと歩いていたのです。しかも、こっちにむかって歩いてくるガイコツの頭の上には、ちょこんと、野球帽がのっかっているではありませんか！

「あれ、ぼくの帽子だ！　まちがいない！　帽子の右横の縁《ふち》んとこに小さく〝九十九《つくも》ハジメ〟って書いてあるもん！」

さすがハジメくんの目はたいしたものです。こんな真《ま》っ暗闇《くらやみ》の中でも、帽子に記された小さな名前の文字を見逃《みのが》さなかったのですからね。

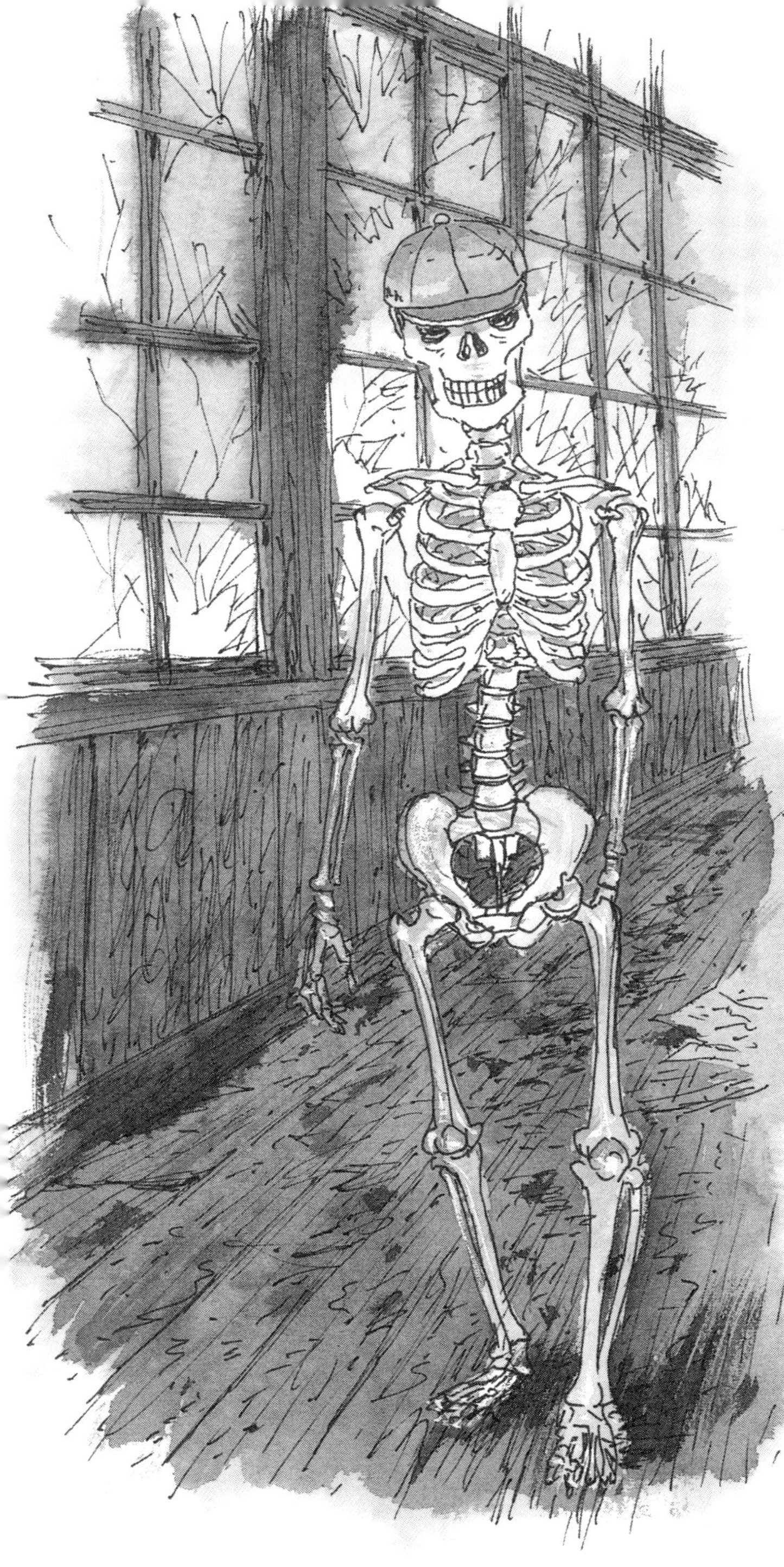

「じゃ、あいつが、帽子泥棒《どろぼう》なんだな？」
ハジメくんの言葉を聞いたマアくんの目がピカッと光りました。

「ようし！　おれさまにまかせろ！　この帽子泥棒《ぼうしどろぼう》め！　おれさまが、ふんづかまえてやるぞ！」

ハジメくんとさっちゃんが、口を開く間もなく、マアくんは鉄砲玉《てっぽうだま》のように廊下《ろうか》に飛《と》び出《だ》していきました。そして、ワン、ツー、スリーと、たった三歩の助走《じょそう》のあとに、いきなりガイコツめがけて、タックルをかけたのです。

グワシャ、ガラ、グワッシャーン！

すさまじい音をたてて、ガイコツがひっくり返るのが見えました。廊下に積《つ》もっていたほこりが、もうもうとたちのぼります。

バラバラになった骨《ほね》の山の上にマアくんがムクリと起き上がりました。

「あれ？　こいつ、バラバラになっちゃった」

「あーあ」

骨の山のそばに近づいてきたさっちゃんがため息《いき》をつきました。

「マアくん。ダメだよ、いきなり飛びかかったりしたら。ガイコツって、とってもデリケートなんだから」

「おかしいなぁ」と言ったのは、ハジメくんです。ハジメくんは、一つ目玉で今、床《ゆか》に転がったガイコツの骨をしげしげとみつめていました。

「こいつ、さっきまで動いてたけど、今はぜんぜん、妖怪《ようかい》っぽくないぞ。だって、こいつの周《まわ》りには妖気《ようき》もなんにも見えないんだもの……。まるで、ただのガラクタの山みたいなんだ」

マアくんが、右手のそばに転がっていた太い骨を一本ひろいあげて、じろじろみつめながら質問《しつもん》しました。

「じゃあ、つまり、ガラクタのガイコツが、だれかに操《あやつ》られてたってこと？」

「うーん……」とハジメくんは首をひねります。

「もし操っていたやつがいたんなら、そいつの妖気がのこってるはずなんだけど、それも見えないんだ……。いったい、どうなってんのかなあ？」

「もう一つ、おかしなことがあるよ」

さっちゃんがまた、ボソッと言いました。

「なんだい？」

たずねかえすハジメくんに、さっちゃんは言いました。

「お兄ちゃんの帽子《ぼうし》は、どこに行ったの？　さっきまでガイコツがかぶっていたはずなのに」

ハジメくんとマアくんは、その言葉に初《はじ》めて、散《ち》らばる骨《ほね》の山の周《まわ》りをあちこち見回して、帽子を捜《さが》しました。でも、どこにもありません。ガイコツの頭の上にのっかっていたはずの帽子は、どこにもないのです。

「また、行方不明《ゆくえふめい》だ……」

ハジメくんが、がっかりしたようにつぶやきました。

「いったい、どこいったんだ？」

マアくんがそう言って、もう一度、キョロキョロと真っ暗な廊下《ろうか》を見回した時でした。

廊下のいちばんはじっこの教室の窓《まど》に、ぽつんと灯《あか》りがともりました。

だれもいないはずの、オンボロの真っ暗な校舎《こうしゃ》の、二階のはしっこの教室に、灯りが一つともったのです。まるで、その灯りはハジメくんと、マアくんと、さっちゃんを誘《さそ》っているように見えました。

四

「行ってみようぜ！」

マアくんが、そう言うより早く、ハジメくんとさっちゃんはもう、教室の灯《あか》りめがけて廊下《ろうか》をフワフワ走り出していきました。

「待ってよお！」

骨《ほね》の山の上から、ぴょんと立ち上がったマアくんが、二人を追いかけてきます。

三人は、ほとんど同時に教室の前にかけつけました。そのとたん、教室の中で、どっと笑《わら》い声が起こりました。だれかが面白《おもしろ》いことを言って、クラス中の子どもたちが大笑いしている……。そんな感じです。

マアくんが教室の前のドアに手をかけました。笑い声がぴたりと止まりました。

マアくんが、ガタピシいうドアを一気に引き開けると、フツリ、と教室の灯りが消えました。

マアくんと、ハジメくんと、さっちゃんがのぞいてみると、教室の中は、真っ暗で空っぽでした。破《やぶ》れガラスから、かすかな星明《ほしあ》かりがさしこむ部屋の中には、古ぼけた机《つくえ》とイスがならんでいるばかりで、だれの姿《すがた》もありません。マアくんが首をかしげます。

「あれぇ？　みんな、どこ行ったんだ？　たしかに、だれかいたよな？」

ハジメくんもうなずきます。

「うん。大勢《おおぜい》の笑い声が聞こえたもん」

「あっ！」と、さっちゃんが声をあげました。

「あっち！　ほら、あっちの教室！」

さっちゃんの指す方を見たマアくんとハジメくんも「あっ！」と叫《さけ》びました。

今度は、廊下《ろうか》の真ん中あたりの教室に、ぽつんと電気がついています。今さっき、みんなが通《とお》り過《す》ぎてきた教室です。

「ようし！　今度こそ、ひっつかまえるぞお！」

マアくんはそう叫ぶなり、廊下をダッシュで走りぬけました。

でも、また、同じことが起こりました。マアくんが教室の前にかけつけると笑《わら》い声が起こり、ドアに手をかけると笑い声がピタリと止《や》み、ドアを開けると電気は消えて教室の中は空っぽなのです。

マアくんのくやしがったこと、くやしがったこと。教室の前でジタバタ地団《じだん》太《だ》を踏《ふ》んで舌《した》うちをしました。

「チェッ!!　チェッ!!　チェッ!!　チェッ!!」

マアくんの後ろから灯《あか》りの消えた教室をのぞきこんだ、ハジメくんとさっちゃんは顔を見合わせました。

「いったい、どうなってんの？」

ハジメくんが一つ目をパチクリさせて言うと、さっちゃんもしかめっ面《つら》になって、真っ暗な教室をにらみました。

「あたしたち、からかわれてるみたい。だれかが、イタズラしてるんだよ、きっと……」

「イタズラだって!?」

マアくんが、ふんがいして叫びました。

「こんな悪ふざけして、ただじゃおかないぞ！　妖怪《ようかい》をからかうなんて、どういうつもりだ！」

悪ふざけが大好きなアマノジャクのマアくんが、そんなことを言うなんておかしな話ですが、やっぱり、からかうのと、からかわれるのでは大ちがいなのでしょう。マアくんは、一番、カッカしているようでした。

「しっ！」

その時、さっちゃんが、くちびるに指を一本あてて言いました。

「ね、聞こえる？」

マアくんと、ハジメくんも耳を澄《す》まします。

足音が聞こえました。

パタ、パタ、パタ、パタ……。

だれかが急ぎ足に階段《かいだん》を下っていくようです。マアくんが、ダッと廊下《ろうか》のはじにある階段の入り口にかけよりました。手すりごしに階段をのぞきこんだマアくんが叫《さけ》びました。

「いたぞ！　兄ちゃんの帽子《ぼうし》かぶってる！」

ハジメくんとさっちゃんが階段にかけよった時にはもう、マアくんは手すりをこえ、踊《おど》り場《ば》に飛《と》び降《お》りていました。

「つかまえたぞお！」

マアくんが叫んでいます。ハジメくんとさっちゃんは、マアくんがつかまえたやつを見ようと、手すりから身を乗り出しました。

たしかにマアくんは、だれかを……それとも、何かをつかまえていました。でも、それは、人間のようにも、妖怪《ようかい》のようにも見えませんでした。なんというのか……、それはまるで……。

さっちゃんが、ボソッと言いました。

「あれ、ほうきじゃない？」

「うん。そうだね。ほうきだ」

ハジメくんもうなずいて、ほうきをはがいじめにしているマアくんをあきれたようにながめると、声をかけました。

「おうい、マアくん。それ、ほうきだぞー！　放してやれよ」

「え？　ほうき？　まさか、そんな、ばかな！」

マアくんは、ポカンとして、自分のつかまえた相手をつくづく、みつめました。

そう、それは、柄《え》の長いボサボサの古ぼうきでした。マアくんは、古ぼうきをムンズとおさえつけ、ギュウギュウしめあげていたのです。

「あれ？……おっかしいなあ……。たしかに、兄ちゃんの帽子《ぼうし》かぶったやつが、

階段《かいだん》を下りていったって思ったのに……。そいつを、つかまえたはずなのに……」

どっと笑《わら》い声が起こったので、マアくんと、ハジメくんと、さっちゃんは、ドッキリしてあたりを見回しました。でも、やっぱり、だれもいないのです。灯《あか》りが点《つ》いたり消えたりした教室と同じで、笑い声は聞こえるのですが、廊下《ろうか》にも階段にも、どこにも、笑い声の主の姿《すがた》は見えません。

笑い声は、マアくんの失敗《しっぱい》がおかしくてたまらないというように、しばらく校舎《こうしゃ》をふるわせていましたが、やがて、ピタリと止《や》んでしまいました。

「やっぱり、だれかが、イタズラしてるんだよ」

さっちゃんがしずまりかえる暗闇《くらやみ》の中でもう一度言いました。

「そいつが、ぼくの帽子をもってっちゃったんだな」

ハジメくんが、帽子のない頭をなぜながら言いました。

ほうきを放り出したマアくんが、ハジメくんとさっちゃんの所まで階段をのぼってもどってきました。

「もう、許《ゆる》さないぞ！　だれだか知んないけど、妖怪《ようかい》をあまくみるなってんだ。こうなったら、本気《ほんき》モードだ！　本気で、そいつを、やっつけてやる！」

「そうだね」と、ハジメくんがマアくんの言葉《ことば》にうなずきました。

「どうやらそいつは、とっつかまるまで、ぼくの帽子《ぼうし》を返してくれる気がないらしいや。こうなったら、本気で、そいつをつかまえるしかなさそうだね」

「でも、どうやって？」

さっちゃんがたずねます。

「だって、ハジメ兄ちゃんの目でも、そいつの姿《すがた》をみつけらんないんでしょ？　足あとや、妖気《ようき》も見えないんなら、どうやって、そいつをつかまえるの？」

「まかしとけって」

ハジメくんは、いかにも一番大きいお兄さんらしい貫禄《かんろく》をみせて言いました。

そして、さっちゃんとマアくんを自分のそばにまねきよせ、だれにも聞こえないほどのひそひそ声で言ったのです。

「いいかい？　今度は、こっちが相手をおびきよせてやるんだ。相手が何をやらかしても、知らん顔してるんだよ。そしたら、きっと、そのうち、相手の方がしびれを切らしてこっちに近づいてくるから、そこをとっつかまえよう」

「うん！　なかなか、いい作戦《さくせん》だ」

マアくんは、ニヤーリと笑《わら》ってうなずきました。

さっちゃんが提案《ていあん》します。

「じゃあさ。ただ待っててもつまんないから、待っている間、三人で学校ごっこしない？　あたし、先生の役、もーらいっ」

こうして、九十九《つくも》さんちの三きょうだいは、オンボロ校舎《こうしゃ》の教室で学校ごっこをしながら、帽子泥棒がやってくるのを待つことになりました。

さっちゃんは教室の前の教壇《きょうだん》に立つと、席《せき》についたマアくんとハジメくんにむかって言いました。

「みなさん、こんばんは。今日の授業《じゅぎょう》を始めましょう。初《はじ》めは、元気なあいさつからです。では、全員、起立《きりつ》！」

マアくんと、ハジメくんが、ガタゴトと席《せき》を立ちました。

「礼《れい》！」というさっちゃんの合図で、ふたりはぺこりと頭を下げ、

「こんばんは！」と元気にあいさつをしました。

こうして、妖怪《ようかい》学校の授業が始まったのです。

「では、まず、算数の勉強を始めましょう。私の出す問題を、考えて、計算して、がんばって、ちゃんと解《と》いてくださいね。いいですか？」

さっちゃん先生が言ったので、席《せき》についたハジメくんとマアくんは「はあーい」と返事をしました。

さっちゃん先生は算数の問題を考え考え、しゃべり出しました。

「えーと、九十九《つくも》さんちの家族は、みんなで七人です。ある日、みんなで、カエルをつかまえることになりました」

「ハアーイ」と、いきなりマアくんが手を上げたので、先生のさっちゃんは、ジローリとマアくんをにらみつけました。

「マアくん。もう答えが、わかったんですか？　まだ、問題は途中《とちゅう》ですよ」

「ちがいまーす。質問《しつもん》です。どうして、カエルをつかまえることになったんですか？　カエルなんかつかまえて、どうするんだ？」

さっちゃんの眉間《みけん》に深いシワがきざまれました。

「うーんと……、それは……、つまり、見越《みこ》し入道《にゅうどう》のおじいちゃんが、だれが一番カエルをつかまえるのが上手か競争《きょうそう》しようって言ったからです」

「ハアーイ！」と、また、はりきってマアくんが手を上げて質問しました。

「じゃあさ、競争なら、一等のヤツには賞品《しょうひん》が出るんだよな？」

さっちゃんは、どんどん横道にそれていく質問に、それでも一生懸命《いっしょうけんめい》に答えました。

「うーんと……。そうですね、一等賞の人には、ろくろっ首《くび》ママの特製《とくせい》・スペシャル・生クリームとチョコレートがけホットケーキ三枚《まい》がプレゼントされます」

「すげえ……」

マアくんは、それが算数の問題だということも忘《わす》れたように、うっとりとつぶやきました。

さっちゃんは、そのすきに問題を先に進めることにしました。

「さて、みんなは自分のつかまえたカエルを、それぞれスーパーの袋《ふくろ》に入れて、集合しました。ヌラリヒョンパパとろくろっ首《くび》ママがつかまえたカエルは、それぞれ二ひきずつ。見越《みこ》し入道《にゅうどう》おじいちゃんと、やまんばおばあちゃんは、三びきずつカエルをつかまえました。そして、ハジメくんが四ひき、マアくんが五ひき、サトリのさっちゃんは六ぴきのカエルをつかまえたとすると、さて、カエルは全部で……」

さっちゃんが、そこまで言った時、マアくんが駄々《だだ》をこねはじめました。

「ずるい！　ずるい!!　ずるい!!!　さっちゃんが一等なんて、インチキだ！　それじゃあ、ママのスペシャル・生クリームとチョコがけホットケーキ三枚《まい》はさっちゃんのものになっちゃうじゃんか！」

ハジメくんが、マアくんをたしなめます。

「マアくん。これ、ただの算数の問題だからね。本当にスペシャル・生クリームとチョコがけホットケーキをもらえるわけじゃないんだよ」

「ただの問題でも、ずるい！　ずるい!!　ずるい!!!　ずるいったら、ずるいったら、ずるい!!!」

さっちゃんとハジメくんは、聞き分けの悪いマアくんをあきれてながめていましたが、とうとう先生のさっちゃんはあきらめて、問題をちょこっと変更《へんこう》することにしました。

「じゃ、いいよ。パパとママは二ひきずつ、おじいちゃんとおばあちゃんは三びきずつ、それで、あたしが四ひきで、ハジメ兄ちゃんが五ひきで、マアくんが六ぴき……。これなら、いいでしょ？」

「イシシシシシシ！」

マアくんは、すっごくうれしそうに肩《かた》をふるわせて笑《わら》いました。

「おれさまが一番だ！　カエルとり一等賞《しょう》はおれさまだぞ！　スペシャル・ホットケーキはいただきだい！」

さっちゃんは大きくため息《いき》をつくと、問題の最後《さいご》をしめくくりました。

「さて、では、カエルは全部で今、何びきいるでしょー？」

どうですか？　みなさんも計算してみてくださいね。

パパとママは、二ひきずつだから……2＋2。

おじいちゃんとおばあちゃんは、三びきずつなので……3＋3。

さっちゃんが……四ひき。

ハジメくんが……五ひき。

マアくんが……六ぴき。……と、いうことは、2＋2＋3＋3＋4＋5＋6で二十五ひきとなるはずなのですが……。

「ハイッ」と手を上げたハジメくんを、さっちゃんが指名しました。

「ハジメ兄ちゃん……じゃなくて、ハジメくん、答えはなんびきですか？」

「二十二ひきです」

「さんせいでーす」と叫《さけ》ぶマアくんを、さっちゃんがジローリとにらみました。

「マアくん、なんにも考えてないよね？　計算しないで、賞品《しょうひん》のホットケーキのことばっか考えてるでしょ？」

マアくんは、口をとがらせて文句《もんく》を言いました。

「だってさ。カエルが全部で何びきか、なんてどうだっていいじゃんか。だれが一番カエルをつかまえんのがうまいかっていう、競争《きょうそう》だったんだろ？」

さっちゃんは、これ以上《いじょう》マアくんに算数の問題を解《と》かすことをあきらめて、ハジメくんにいいました。

「では、ハジメくん。黒板に式と答えを書いてみてください」

指名されたハジメくんは席《せき》を立ち、教室の前に歩いて行くと、黒板の前に立って、ちびたチョークで式を書きました。

2＋2＋3＋4＋5＋6＝22というのがハジメくんの書いた式と答えです。

その式を指しながら、ハジメくんは説明《せつめい》しました。

「最初《さいしょ》の〝2〟はパパの分、次の〝2〟がママ、〝3〟はおじいちゃんのカエルで、〝4〟はさっちゃん、〝5〟がぼくの分で、〝6〟がマアくんのつかまえたカエル……。だから、それを全部たすと、二十二ひきになるんだよ」

「おばあちゃんの分は？」とさっちゃんが質問《しつもん》しました。

ハジメくんは、大きな目玉でじっとさっちゃんをみつめて答えました。

「だって、おばあちゃんは、つかまえたらすぐ、カエルをたべちゃうよ。だから、おばあちゃんの分は、なし」

「ああ……、そっか……」

さっちゃんは、ハジメくんの説明《せつめい》を聞いて、すごく納得《なっとく》しました。そして、その式と答えこそが問題の正解《せいかい》だと思いました。だから、ハジメくんの書いた式と答えに、白いチョークで、大きな大きな花マルを描《か》きました。本当は赤いチョークで描きたかったのですが、その教室の黒板の前には、赤いチョークがなかったのです。

「おれの賞品《しょうひん》も描いてくれよ。スペシャル・ホットケーキの絵も、たのむよ」

花マルがうらやましくなったマアくんが、さっちゃんにねだりました。やさしいさっちゃん先生は黒板の空《あ》いたスペースに、でかでかとホットケーキが三枚《まい》重なった絵を描いてあげました。そして、その上に、モリモリッとふくらむ生クリームと、トロトロッとたれるチョコレートソースを付《つ》け加《くわ》えたのです。

「やったー！　おれさまのスペシャル・ホットケーキだあ！」

「さて、これで、算数の授業《じゅぎょう》はおしまいです」

さっちゃんがそう言った時でした。

黒板の前にまだ立っていたハジメくんが、ひそひそ声でささやきました。

「みんな、こっそり、見てごらん。運動場を変《へん》なやつが走ってるよ」

そこで、マアくんとさっちゃんは、相手に気づかれないように、前をむいたまま目だけ動かして、こっそり運動場を盗《ぬす》み見ました。

たしかに、暗い夜の運動場をおかしなやつが走っていました。背中《せなか》に柴《しば》を背負い、手には本を持って、だまってぐるぐる運動場を走り回っています。

ハジメくんが、また、こっそりささやきました。

「たぶん、二宮金次郎《にのみやきんじろう》の銅像《どうぞう》だと思うよ。さっき、自転車を止めた運動場のはずれに立っていた像だよ。二宮金次郎って昔のえらい人なんだ。でもさ、一つだけ、さっきとちがってるのは、あの走る銅像の頭の上に、ぼくの帽子《ぼうし》がのっかってるってこと。これも、きっと、帽子泥棒《どろぼう》のだれかさんの仕業《しわざ》だね」

九十九《つくも》さんちの三きょうだいは、こっそりうなずきあいました。そして、計画どおり、走る二宮金次郎なんてまるで気づいてない、というように運動場から目をそらし、犯人《はんにん》おびき出し作戦を続行《ぞっこう》したのです。

「今度は、おれが、先生やるー」

マアくんが言ったので、さっちゃんとハジメくんは『どうする?』というように、顔を見合わせました。

「でも、マアくんは、なんの授業《じゅぎょう》するの?」

ハジメくんがたずねると、マアくんは、びょーんと教室の天井《てんじょう》まで跳《は》ね上《あ》がって答えました。

「体育!」

「え? 教室で体育?」

ハジメくんが聞き返しましたが、マアくんは聞いていませんでした。

「さあ、授業を始めるぞ！　みなさん、ごいっしょに、ジャンプの練習でーす！」

マアくんは、そう言いながら、びょーん、びょーんと教室中を跳ねまわり始めました。

「ほら！　ハジメ兄ちゃん……じゃなくて、ハジメくんもさっちゃんも、ジャンプしてください。ちゃんと、まじめにジャンプしろよ！」

そう言われて仕方《しかた》なく、ハジメくんとさっちゃんもジャンプを始めました。

さっきも説明《せつめい》したとおり、妖怪《ようかい》にはほとんど重さがありません。だから、ほこりの上を歩いても足跡《あしあと》もつきませんし、プールに飛《と》びこんでも水しぶきもあがらないわけです。そして、ジャンプをすれば、風船のように軽々と空中にのぼっていくことができるのでした。

マアくんとハジメくんとさっちゃんは、びょーん、びょーん、ふわーんと、ポップコーンみたいに教室中を跳《は》ねまわりました。

「お次は、空中一回転！」

跳ね上がったマアくんが、天井《てんじょう》の下でクルリンと一回転してみせます。

ハジメくんとさっちゃんも、クルリン、クルリンと空中回転を決めました。

「お次は、空中おサル！」

「え？　空中おサルって？」

聞き返すさっちゃんの目の前で、ポーンと飛《と》び上《あ》がったマアくんは、空中でおサルのポーズを決めました。

「じゃ、あたしは、空中バレリーナ」

さっちゃんはフワンとジ

ャンプして、天井の下で、つま先立ちになり、バレエのポーズを決めました。

「じゃ、ぼくは、空中おタコ！」

ジャンプしたハジメくんが、空中でクネクネおタコのポーズを決めたので、マアくんとさっちゃんは笑《わら》ってしまいました。

それから三人は、空中竹トンボや、空中クネクネヘビや、空中花火のポーズを次々に決めました。いよいよ新しいポーズを思いつかなくなると、マアくんがジャンプを中止して教壇《きょうだん》の上で言いました。

「じゃあ、今度は、かくれんぼしようぜ。ハジメ兄ちゃんが、鬼《おに》！」

「かくれんぼなんて、体育の授業《じゅぎょう》でやるの？」

ハジメくんは不満《ふまん》そうです。

「ハジメ兄ちゃんが鬼になるのは、ダメだよ」と言いだしたのはさっちゃんでした。

「だって、お兄ちゃん目がいいもん。すうぐみつかっちゃうよ」

「じゃ、さっちゃんが鬼《おに》」

マアくんに指名されるとさっちゃんは、ぷん、とそっぽをむきました。

「やだ」

「えーっ!! なんでだよ！ さっき、プールのオニゴッコん時は、おれが鬼やったじゃん。今度はさっちゃんが鬼やれよ」

マアくんに言われても、さっちゃんは頑固《がんこ》に首を横にふりました。

「い、や、だ。あたし、鬼、嫌《きら》いだもん。鬼になるんなら、かくれんぼ、やらない」

「うー！ きー！ くー！」

マアくんは腹《はら》をたてて頭をかきむしりました。でも、さっちゃんは、知らん顔です。

「もう、しょうがないなあ……」

ハジメくんが、ふたりを見て、ため息《いき》をつきました。

「いいよ。じゃ、ぼくが鬼になってあげるよ」

「ダメ！」

マアくんとさっちゃんが声を合わせて言いました。

「だって、お兄ちゃんは目がよすぎるもん」

さっちゃんに、そう言われると、ハジメくんはすかさず提案《ていあん》しました。

「だからさ、ぼく、目をつぶって、捜《さが》すよ。それなら、いいだろ？　そのかわり、隠《かく》れるのはこの教室の中だけ。どうする？　やるの？　やらないの？」

マアくんが、迷《まよ》うようにハジメくんの顔をじろじろ見ます。

「絶対《ぜったい》、目をあけないか？　インチキしないって、誓《ちか》うか？」

「ぼくは、インチキなんてしないよ」

ハジメくんがムッとして言うと、さっちゃんもうなずきました。

「うん。ハジメ兄ちゃんは、本気《ほんき》だね。本気で、目をつぶって、かくれんぼの鬼をしようって思ってるもんね」

「じゃ……いいよ。兄ちゃんが鬼《おに》で……」

マアくんがそう言ったので、三人は暗闇《くらやみ》の中、目かくしかくれんぼを始めることにしました。

「あっ！　いいもの、めっけ！」

さっちゃんがそう言って、教室の窓《まど》の端《はし》にかけよりました。さっちゃんは、ボロボロのカーテンをひとまとめに留《と》めていた、幅広《はばひろ》のタッセルバンドを金具からはずすと、ハジメくんに差《さ》し出《だ》しました。

「ほら、お兄ちゃん。ちょうどいい、目かくしだよ」

「はい、はい」

ハジメくんは、さっちゃんのいうとおり、目をつむって、布《ぬの》のタッセルを頭に巻《ま》き、目かくしをしました。

「いいかい？　じゃ、百まで数えるよ」そう言うと、ハジメくんは黒板の方をむいて、数え始めました。

「いぃち、にぃい、さぁん、しぃい！」

マアくんとさっちゃんは、教室のどこに隠《かく》れようかと、あわてて、きょろきょろあたりを見回しました。

ハジメくんは、目がいいだけではなく、大変《たいへん》かしこい一つ目小僧《こぞう》でしたから、数をかぞえながら、じっと耳を澄《す》まして、教室の中の気配《けはい》をうかがっていました。教室のどのあたりで、どんな音がするか聞いていれば、だいたい、だれがどこに隠れたかわかりますからね。

しばらくの間、マアくんとさっちゃんが教室の中を動き回っている音が聞こえました。あっちに走っていったり、どっかによじのぼったり、もぐりこんだり……。一回もぐりこんだ所から出てきたり……。

『ハハーン。今、ギーパタンっていったのは、後ろの掃除《そうじ》用具入れの扉《とびら》の音だな。だれかが、掃除用具入れに隠れたぞ……』

『お……。こんどは、ぼくの後ろの教卓《きょうたく》の所にだれか来たな……。あれ？　また、どっか行っちゃったぞ……』

ハジメくんが耳を澄《す》まして、そんなことを考えているうちに、とうとう教室の中は、すっかり静《しず》かになりました。

ハジメくんはその時、ちょうど「ななじゅうはあち」と数えたところでしたが、そのまま「ななじゅうきゅう、はちじゅう」まで数えて、残《のこ》りはスピードアップすることにしました。つまり……

「ダルマさんが、ころんだ。ダルマさんが、ころんだ」と二回となえて、終わりにしたのです。それで、ちょうど、百数えたことになりますからね。

「もう、いいかあい？」

ハジメくんは、目かくしをしたまま、教室の方を振《ふ》り向《む》いて、たずねました。

でも、返事はありません。マアくんも、さっちゃんも、それぞれの隠《かく》れ場所で息をひそめているのでしょう。

「ようし、じゃあ、捜《さが》すぞ！」

ハジメくんは、そう宣《せん》言《げん》しました。そして、両《りょう》腕《うで》を前につきだし、足で床《ゆか》をさぐりさぐり、まず、一段《いちだん》高い教壇《きょうだん》の上から机《つくえ》とイスのならぶ床の上に下りました。

両手で、机を確《たし》かめながら、その間を、まっすぐ教室の後ろまで進んでいきます。つくりつけのロッカーがならぶ教室の一番後ろに到着《とうちゃく》すると、そこからロッカーづたいにハジメくんは、掃除《そうじ》用具入れの所まで歩いていきました。両手でさぐって、掃除用具入れの扉《とびら》の位置《いち》をたしかめます。

そして、ハジメくんは、イチ、ニのサンで、その扉をひっぱり開け、中に両手をつっこみながら叫《さけ》びました。

「マアくん、みっけ！」

「ワァー！　なんで、みつかったんだよお！」

ハジメくんの手につかまえられたマアくんが、叫びました。ハジメくんは、クスクス笑《わら》いながら、押《お》さえつけていたマアくんの体を解放《かいほう》してやりました。

「だって、マアくん、ここに入る時、ものすごく、ガタピシ、音をたてるんだもん。すぐ、わかっちゃうよ」

「チェッ!!　チェッ!!　チェッ!!」

マアくんが舌《した》うちをしています。

さぁ、お次は、さっちゃんです。ハジメくんは、さっき、マアくんを見つけた時、教室の後ろのあたりで、机《つくえ》がかすかに音をたてたことを思い出しました。さっちゃんが、きっと、机の下にもぐりこんで隠《かく》れたのでしょう。

「さあ！　みつけるぞぉ！」

ハジメくんはそう言うと、両手で、机の下を一つずつさぐって、さっちゃんを捜《さが》しにかかりました。机は、バラバラに散《ち》らばっていましたから、それを一つ一つ、さぐっていくのは、なかなか大変《たいへん》でした。ハジメくんは、時々、机の角にぶつかって「あイテ」と言ったり、イスにつまずきそうになったりしながら教室の中を進んでいきました。

「がんばれ！　兄ちゃん、もう、ちょっとだ！」

みつかってしまったマアくんが、ハジメくんを応援《おうえん》します。きっと、さっちゃんだけみつかっていないのがくやしかったのでしょうね。

掃除用具入れのあった廊下側《ろうかがわ》のはずれから、窓側《まどがわ》のはずれまで捜しても、まださっちゃんの隠れた机はみつかりませんでした。

ハジメくんが、もう一列前の机《つくえ》の下を捜《さが》しに行こうかなと考えていた時、体の前につきだしたハジメくんの腕《うで》が、ふくらんだカーテンにぶつかりました。

おや？　カーテンの陰《かげ》にだれかいます！

『なんだ！　机の下じゃなくて、カーテンの陰に隠《かく》れてたのか……、さっちゃん』

ハジメくんは、そう思って思わず、ニヤリと笑《わら》いました。そして、ボロボロのカーテンに手をかけると、ハジメくんは、それを一気に引っぱり開けたのです。

「さっちゃん、めぇっけ！」と叫《さけ》びながら。

沈黙《ちんもく》が流れました。

カーテンの後ろから、さっちゃんの声は聞こえません。ハジメくんは不思議《ふしぎ》に思って、目かくしのタッセルをずらすと、目を開けました。

「あれっ？」

ハジメくんは、カーテンの引き開けられた窓辺《まどべ》を見て、目を丸くしました。

「こいつ……、だれだ？」

ハジメくんの後ろで、マアくんがつぶやきました。

一列前の机の下から、ごそごそとさっちゃんがはいだしてきて、ボソッと言いました。

「それ、あたしじゃないよ。あたしは、こっち」

「じゃ、これ、だれなんだ？」

ハジメくんも改《あらた》めてつぶやきました。

カーテンの後ろに、見たことのない男の子が一人、窓枠《まどわく》に腰掛《こしか》けて、こっちを見ていました。

そして、その子の頭の上には、ハジメくんの野球帽《やきゅうぼう》がのっかっていたのです。

「こいつが、犯人《はんにん》ってことか？」

マアくんが、男の子をジロジロ見ながら言いました。

三人のおびきよせ作戦《さくせん》につられて、とうとう犯人《はんにん》が出てきたのでしょうか。

でも……。

「なんだか、ずいぶん、チビすけだなー」

マアくんは納得《なっとく》いかないように言いました。

「もっと、すっごく強そうで、おっかないやつが出てくるかと思った」

と、さっちゃんもつぶやきます。

ジロジロ、自分をみつめている三人を見て、小さな男の子はただニコニコと笑《わら》っていました。

窓《まど》から入ってきた風が、開いたカーテンの端《はし》っこを、ぶわっとひるがえしました。

窓枠《まどわく》に座《すわ》る男の子はニコニコしながら、足をぶらぶらさせています。

白いランニングシャツに、紺色《こんいろ》の半パン、足には黒い鼻緒《はなお》の下駄《げた》、という、ちょっとクラシックな格好《かっこう》をしています。

「おまえ、妖怪《ようかい》か？」

マアくんがたずねても、男の子はやっぱりニコニコしているだけで答えません。

かわりにハジメくんが首を横にふりました。

「ちがうよ。やっぱり、妖気《ようき》がただよってないもん」

「じゃ、人間の子？」

さっちゃんの質問《しつもん》に、ハジメくんはもう一度首を横にふります。

「人間でもないと思うよ。だって、ちっとも人間くさくないだろ？」

そう言われて、マアくんとさっちゃんは、鼻をクンクンいわせ、その男の子の匂《にお》いをかぎました。妖怪というものは、とっても人間の匂いに敏感《びんかん》なんですよ。鬼《おに》だって、やまんばだって、近くに人間がいれば、すぐに匂いをキャッチできるんです。

でも、たしかに、目の前の男の子は、ちっとも人間くさくありませんでした。……というより、なんの匂いもしないのです。

「キツネやタヌキが化けてるわけでも、なさそうだな……」

慎重《しんちょう》に匂いをたしかめていたマアくんが、そう言ったので、ハジメくんとさっちゃんもうなずきました。

「じゃ、いったい、こいつ、だれなんだ？」

マアくんは、またスタートに戻《もど》って、同じ質問《しつもん》をくりかえしました。でも、その質問に答えられる声はありませんでした。男の子も、やっぱり、ニコニコ笑《わら》うだけで、だまりこんでいます。

「それ、ぼくの帽子《ぼうし》だろ？」

ハジメくんが、男の子の頭の上を指さして問いかけました。

男の子は、ニコニコとうなずきました。

「じゃ、返してよ」

ハジメくんがさしだした手の中に、男の子は素直《すなお》に帽子を脱《ぬ》いでわたしました。

「さっき、ガイコツをあやつってたのは、あんたなの？」

さっちゃんの質問に、男の子がうなずきます。

「校庭を走っていた、二宮金太郎《にのみやきんたろう》も、おまえの仕業《しわざ》か？」

マアくんの言葉《ことば》にハジメくんが帽子をかぶりながら口をはさみました。

「二宮金太郎じゃなくて、二宮金次郎《にのみやきんじろう》だよ」

でも男の子は、マアくんの間違《まちが》いなど気にせず、また、ニコニコとうなずいてみせました。

「ほんとかな？」

マアくんは、怪《あや》しむように、ぐっと身を乗り出し、男の子をジロジロみつめます。

「こいつ、調子いいぞ。ほんとに、あれもこれも全部、こいつの仕業だったのかな？　……て、いうか、こんなチビすけに、そんなことできんのかなあ？」

さっちゃんの目が光りました。さっちゃんは光る目でじっと男の子をみつめています。男の子の心の中を見透《みす》かそうとしているのです。やがて、さっちゃんは驚《おどろ》いた、というように「ひゅっ」と口笛《くちぶえ》を鳴らして言いました。

「ああ、びっくり！　この子の心ん中が見えないよ。扉《とびら》にカギがかかってて、中がのぞけなくなってるんだもん」

「え？　扉にカギ？」

ハジメくんも、一つ目玉をまん丸にして、男の子の顔をじろじろみつめました。

いったい、この妖怪《ようかい》でもない、人間の子どもでもない男の子は何者なのでしょう。

さすがの妖怪三きょうだいも、ニコニコするだけで何もしゃべらない男の子になんと言えばいいのか、どうすればいいのかわからなくなって、なんとなく顔を見合わせてしまいました。

「もう、帰ろうぜ」

急にマアくんが、そう言い出しました。ひょっとするとマアくんは、この正《しょう》体《たい》不《ふ》明《めい》の男の子のことが、ちょっと気《き》味《み》悪《わる》かったのかもしれません。

なにせちょうど時刻《じこく》は、草木《くさき》も眠《ねむ》る丑三《うしみ》つ時《どき》。季節《きせつ》は夏……となれば、廃校《はいこう》になった古い学校の中を幽霊《ゆうれい》なんかがうろついていてもおかしくありませんからね。

え？　妖怪も幽霊がおっかないのか、ですって？　もちろんですとも。妖怪と幽霊は全然《ぜんぜん》ちがいます。幽霊は、この世に何か恨《うら》みや未練《みれん》があって出てくるわけですが、妖怪にかぎって、何かに恨みや未練をもってるやつなんて、めったにいません。だいたいがお気楽《きらく》で能天気《のうてんき》なやつらなのです。だから、妖怪というものは、暗くて深刻《しんこく》な幽霊の相手をするのがあんがい苦手《にがて》なんですよ。ママアくんも、そう考えたわけです。『もし、こいつが幽霊だったら、関《かか》わり合《あ》いにならない方がいい』ってね。

「そうだね……。そろそろ、帰ろっか。きっと、ママが心配してるよ。お昼ご飯《はん》も食べずに、どこに行ってるんだろって……」

ハジメくんも、そう言いました。九十九《つくも》家の〝お昼〟というのは、真夜中の十二時に食べるご飯《はん》のことです。今日はもう、そのお昼の時刻《じこく》は、とうに過《す》ぎていました。

「そうだね。おなかへったよね」と、さっちゃんも言いました。

妖怪《ようかい》というものは、もともと、ご飯なんて食べなくたってだいじょうぶなんですが、九十九《つくも》さんちの妖怪たちは、人間の町で暮《く》らすようになってから、キチンと三回、ママの手料理《てりょうり》を食べるのが当たり前になっていました。習慣《しゅうかん》とは恐《おそ》ろしいものです。そういう生活を送っていると、やっぱり、お昼を食べずにいれば、おなかがへってくるものなのです。

「帰ろう！　帰ろう！」

マアくんはそう言ってもう、謎《なぞ》の男の子が座《すわ》っている隣《となり》の窓枠《まどわく》によじのぼり始めました。わざわざ階段《かいだん》を下りて表に出るより、窓から運動場に飛《と》び出《だ》す方が早いと思ったからです。

ポーンと窓から外へジャンプするマアくんに続《つづ》いて、さっちゃんが、ふわりと窓辺《まどべ》に飛び上がりました。

「バイバイ」

さっちゃんは一言、謎の男の子に挨拶《あいさつ》すると運動場めがけて、ゆるやかに舞《ま》い降《お》りていってしまいました。

「じゃあね」

ハジメくんが、かぶった帽子《ぼうし》のツバに片手《かたて》をかけ、もう一方の手をふっても、男の子はやっぱり、ニコニコと笑《わら》いながら黙《だま》ってハジメくんを見ているだけでした。

三きょうだいは運動場に降《お》りると、暗い校舎《こうしゃ》をそろって見上げました。

「あ！　いない！」

さっちゃんがつぶやきました。たった今、三人が出てきたばかりの教室の窓《まど》辺《べ》から、あの男の子の姿《すがた》は消えてしまっていました。あたりを見回しても、どこにもあの子は見えません。

「あいつ、なんだったんだ？」

マアくんが自転車の方にむかって歩きだしながら言いました。

「ゆーれーかな？」

さっちゃんも、同じようなことを考えていたみたいです。

ハジメくんは運動場を横切りながら、もう一度、チラリと校舎の方をふりかえり、首をひねりました。

「うーん……。なんか、ちがう気がするんだけどなあ……。でも、幽霊《ゆうれい》でも、妖怪《ようかい》でも、人間でもないなら、いったい、なにかなあ……。やっぱり、わかんないや……」

すっきりしない気分のまま、三きょうだいはまた自転車に乗りこみました。

さっちゃんは前カゴに、ハジメくんは後ろの荷台に、そしてマアくんがサドルにまたがり出発です。

マアくんは、また、ゴンゴン、ガンガン、ペダルをこぎました。

ビュンビュン、バンバン、風が三人に体当たりをくらわせてきます。

まばらだった町の灯《あか》りは、来た時よりもさらに、まばらになっていました。

もう、ほとんどの人間たちが深い夜の眠《ねむ》りにつき、山や田んぼや木立さえ、闇《やみ》の中でまどろんでいるようです。

あっというまに町をぬけ、山道をグングン登り、山なみを越《こ》え、マアくんはみんなを、化野原団地《アダシノハラだんち》まで運んでくれました。

自転車置き場にママの自転車を止めて、妖怪三きょうだいは、東町三丁目B《ビー》棟《とう》のエレベーターに乗りこみました。

地下十二階……そこが、妖怪《ようかい》一家の住処《すみか》です。〝九十九《つくも》〟と表札《ひょうさつ》のかかった玄関《げんかん》のドアを開けて、三人は元気に家の中に入りました。

「ただいまあっ！」

なかよくそろった三きょうだいの声を聞きつけて、ろくろっ首《くび》ママが玄関に出てきました。

「おかえり。ずいぶんおそかったのね」

お昼ご飯《はん》にもどらなかった子どもたちにそう言ってから、ママは、三人の後ろをみつめて首をかしげました。

「ねぇ、その子は、だあれ？　おともだち？」

「えっ？」と、九十九さんちの三きょうだいは顔を見合わせ、いっせいに後ろをふりかえりました。

そして、びっくりぎょうてんして、「あっ！」とそろって声をあげてしまいました。

あの子が、そこに立っていました。オンボロ校舎《こうしゃ》の教室のカーテンの陰《かげ》から現《あらわ》れた、あの男の子です。窓枠《まどわく》に座《すわ》って、ニコニコしていたあの子が、いつのまにか三人の後ろにくっついて、九十九さんちの玄関の中に入ってきていたのです。

「うわー！　こいつ、くっついて来たんだ！」

マアくんが、キィキィ声で叫《さけ》びました。

ハジメくんが不思議《ふしぎ》そうに首をかしげます。

「でも、どうやって？　自転車は三人で満員《まんいん》だったのに……。この子がくっついてきてるなんて、だれも気づかなかったのに……」

「やっぱ、幽霊《ゆうれい》なんだよ。だから、消えたり出たりするんじゃない？」

さっちゃんの言葉《ことば》に、ろくろっ首《くび》ママが目を丸くしました。

「まあ！　幽霊なんか、勝手にひろってきちゃいけません。すぐ、元の所へも

どしてらっしゃい！」

マアくんが、口をとがらせます。

「チェッ!! チェッ!! チェッ!! おれたちがひろってきたんじゃないもん。こいつが、勝手にくっついてきたんだもん」

その時です。玄関《げんかん》の騒《さわ》ぎを聞きつけて、見越《みこ》し入道《にゅうどう》のおじいちゃんと、やまんばのおばあちゃんがリビングから出てきました。

「なんじゃ、なんじゃ？ 今、だれか、幽霊がどうとかいっとらんかったか？」

そう言っているおじいちゃんをおしのけ、おばあちゃんは興味《きょうみ》しんしんで身を乗り出しました。

「その子なの？ 幽霊って、その子？ へぇ……。もっと、スケスケなのかと思った。足もちゃんとついてるじゃない。本当に幽霊？ ちっとも幽霊ぽくないわね」

「わかんないんだよ。何者なのか……」

ハジメくんが言いました。そして、それから、九十九《つくも》さんちの三きょうだいは、今日、山向こうの町の廃校《はいこう》で起こった出来事と、この子に出会ったいきさつを、かわるがわる、交代ごうたいにしゃべって家族に説明《せつめい》したのです。

話が全部終わった時、見越《みこ》し入道《にゅうどう》のおじいちゃんは、非難《ひなん》をこめた目で子どもたちをにらみました。

「プールだって？　おまえたち、プールに入ったのか？　どうして、わしもつれていかん。わしにだまってプールに行くとは言語道断《ごんごどうだん》」

「そうよねぇ」

やまんばのおばあちゃんも、プンプンおこっています。

「そういう、面白《おもしろ》いことをしに行く時には、あたしも誘《さそ》ってくれなくちゃ。あーあ。あたしも歩くガイコツにタックルかけたかったわぁ」

ろくろっ首《くび》ママが最後《さいご》にいいました。

「とにかく、手を洗って、テーブルにつきなさい。お昼を食べなくっちゃね」

そう言ってから、ちょっぴり迷《まよ》うように、ママは、子どもたちの一番後ろに立って、ニコニコしている男の子をみつめました。

「あなたも、お昼食べる？　よかったら、いっしょに、どうぞ」

その子は結局《けっきょく》、九十九さんちの子どもたちといっしょに、家の中に入ってきて、手を洗い、すましてテーブルにつきました。

ママが大皿いっぱいに作ってくれた、ナポリタンスパゲッティを取り分けてもらって、もりもりとたいらげたのです。

「幽霊《ゆうれい》じゃないんじゃないか？」

男の子の食べっぷりをながめながら、おじいちゃんが言いました。

「そうよね。幽霊が、ナポリタンスパゲッティを、パクパク食べるなんて聞いたことないわ」

やまんばのおばあちゃんもうなずいて、男の子をジロジロみつめています。

「ガイコツも、二宮金次郎《にのみやきんじろう》も、本当に、この子があやつって、動かしたのかしら？　この子、本当に、そんなことできるんだと思う？」

おばあちゃんがそう言い終えた時です。びっくりすることが起こりました。

リビングの隅《すみ》に置いてあったスタンドが、とつぜん、踊《おど》りだしたのです。スタンドは、ぴんとのびた木の支柱《しちゅう》を、ねじまげ、折《お》り曲《ま》げ、シェードをかぶった頭をふりふり、軽《かろ》やかなステップを踏《ふ》んで、リビングのテーブルのまわりを踊りまわりました。おかげで壁《かべ》のコンセントからプラグがはずれてしまいましたが、それでもスタンドは踊るのをやめません。

「この子が、踊らせているのかしら？」

ろくろっ首《くび》ママが、眉《まゆ》をひそめてつぶやくと、男の子は、ニコニコしてうなずきました。

「じゃあ、もう、止めてちょうだい」

ママは、男の子にいいました。

「こんなにドタバタ踊られたんじゃ、食事中にほこりがたちますからね」

すると、ぴたりとスタンドが止まりました。スタンドはダンスを止め、元の格好《かっこう》でぴんと背筋《せすじ》をのばして動かなくなったのです。

「すっごーい」

さっちゃんが、ナポリタンスパゲッティで口のまわりを真《ま》っ赤《か》にしながら、感心したようにうなります。

「やっぱ、この子、あやつれるんだね。ガイコツも、銅像《どうぞう》も、スタンドも……。いったい何者？」

「わからないわねぇ」

ママは、こまったようにため息《いき》をつきました。

「何者かわからないし、どうして、あなたたちにくっついてきたのかもわからないわ。さっちゃんでも、心の中が読めないんだから、どうしようもないわねぇ」

「パパに、電話してみようよ」

そう言ったのは、ハジメくんでした。

「パパなら、きっと何かわかるかもしれないよ。それに、この子が化野原《アダシノハラ》団地《だんち》のぼくたちの家に来ちゃった以上、報告《ほうこく》しといた方がいいと思うんだ。この団地に、妖怪《ようかい》だか、幽霊《ゆうれい》だか、なんだかわかんない子がやって来てます……って」

「そのプールって、広さは、どのぐらいだったんだ？　二十五メートル？　それとも、五十メートル？」

おじいちゃんは、プールに入れなかったことが残念《ざんねん》すぎて不思議《ふしぎ》な男の子なんて、どうでもいいようでした。その質問《しつもん》に、だれも答えようとしないとわかると、おじいちゃんは機嫌《きげん》をそこねて、リビングから出ていってしまいました。自分の部屋に昼寝《ひるね》をしに行ったのです。

子どもたちの遅《おそ》いお昼が終わると、ママは、市役所のパパの所に電話をかけることにしました。夜明けが近づいていましたが、団地管理局《かんりきょく》の的場《まとば》さんに電話するにはまだ早すぎましたし、パパが家に帰ってくるまでにも、まだ時間があったからです。

電話で、マアくんたちについてきた不思議《ふしぎ》な男の子のことを聞いたヌラリヒョンパパはすぐに、家に帰ってきました。なにせ、ヌラリヒョンというものは、いつでもヌラリと消えて、どこへでもヒョンと現《あらわ》れることができるのですから、市役所からちょっと家まで様子を見にもどってくるくらい、わけもなかったのです。

「その子は、どこだい？」

パパは玄関《げんかん》で靴《くつ》を脱《ぬ》ぎながら、こっそり、ママにたずねました。

「リビングで、子どもたちといっしょにテレビゲームをして遊んでますよ」

ママに教えられ、パパは、ゆっくりとリビングに入っていきました。謎《なぞ》の男の子は、ニコニコ笑《わら》いながら、九十九《つくも》さんちの子どもたちと交代で、テレビゲームのコントローラーをにぎっていました。

「チェッ!!　チェッ!!　おまえ、強いなあ！」

飛行機《ひこうき》の対戦《たいせん》ゲームで、男の子に負けたらしいマアくんがくやしそうに言っています。

「て、いうか、おまえ、ついてるよな。さっきから、ずっと、ラッキーなんだよな」

「ちょっと、いいかな」

ヌラリヒョンパパは、子どもたちのすぐそばのソファに腰《こし》を下ろしながら声をかけました。

「あ、パパ、おかえりなさい」

妖怪《ようかい》三きょうだいが口々に言います。

「ただいま」と言いながら、パパはじっと近くから男の子を観察《かんさつ》しました。

たしかに人間の男の子ではありません。妖怪でもないようです。しかし、幽《ゆう》霊《れい》かというと、それもちがうようだ、とパパは思いました。幽霊というものは、目に見えていても、どこかあやふやで、気配《けはい》にもたよりなさがつきまとうものなのですが、この男の子は、もっとくっきりとして、強いエネルギーのようなものさえ感じられるのです。

パパは、謎《なぞ》の男の子に質問《しつもん》しました。

「君は、どこから来たんだい？」

男の子は、ニコニコしながら片手《かたて》をあげて玄関《げんかん》の方を指しました。

そっちはマアくんたち

が今日出かけた山むこうの町の方角です。

「君は、その学校に住んでるのかい？　今日、うちの子たちが遊びに行った、古い学校が君の住処《すみか》なのかな？」

男の子は、ニコニコとうなずきました。

「じゃあ、どうして、うちの子たちについて来たんだい？　ここに……この町に、何か用でもあったのかな？」

男の子は答えません。ただ、ニコニコと、パパの顔を見上げるばかりです。

パパは知っていました。この男の子の住処だという山むこうの町の小学校がもうずいぶん前から廃校《はいこう》になってしまっていることを。そして使う人のいなくなったその古い校舎《こうしゃ》がついにこの秋取《と》り壊《こわ》されるのだということを。

ママに電話をもらってから、パパはすぐ、インターネットで、子どもたちが男の子と出会ったという学校について調べたのです。パパは今、もうじき消えてしまう学校からやってきたという謎の男の子をみつめながら考えていました。

『これは、やはり、野中《のなか》さんに相談《そうだん》しなければならないだろうな。この子が、妖怪《ようかい》なのか幽霊《ゆうれい》なのか、なんなのかはわからないが、とにかく、もうすぐ、この子の住処《すみか》がなくなってしまうんだから……。この子がいったい、なんのために、うちの子どもたちにくっついてきたのかをつきとめて、これから先、この子をどうすればいいのかを話し合わなければ……。

それが地域共生課《ちいききょうせいか》の仕事なんだからな』

そういうわけで、ヌラリヒョンパパは、「くれぐれも、男の子から目を離《はな》さないように」と言《い》い置《お》いて、いったん、市役所に帰っていきました。

そして、朝八時半。出勤《しゅっきん》してきた野中さんと、女神《めがみ》さんとともに、今度は車に乗って、化野原団地《アダシノハラだんち》に引き返してきたのです。

謎《なぞ》の男の子の正体をつきとめるためにね。

その日、女神《めがみ》さんは張《は》り切《き》っていました。女神さんというのは、ヌラリヒョンパパが勤《つと》める市役所の地域共生課《ちいききょうせいか》の新しいスタッフです。もともと、大の妖怪《ようかい》ファンで、ヌラリヒョンパパといっしょに働《はたら》けるというだけでもうれしくてたまらないのに、今日はなんと、パパの家族である妖怪たちに会えるというのですから、大興奮《だいこうふん》するのも無理《むり》はありません。前回、女神さんが九十九《つくも》さんの家に来た時には、妖怪たちは眠《ねむ》っていて、結局《けっきょく》だれにも会えなかったのですから、うれしさもひとしおなのでしょう。

女神さんは、化野原団地《アダシノハラだんち》にむかう車の中でもずっと、しゃべりっぱなしでし

た。

「やっぱ、ろくろっ首《くび》の奥様《おくさま》って、たまに、首をのばしたりなさるんですか？　見越《みこ》し入道《にゅうどう》のおじいちゃんも、大きくなったりします？　あ……でも、家ん中じゃ無理《むり》ですよね。だいたい見越し入道って、最大《さいだい》でどのくらい巨大化《きょだいか》できるんでしょうね。自由自在《じゆうじざい》に、大きくなったり、ちっちゃくなったりできるって超《ちょう》クールですよね？　子どもさんたちは、どんな感じですか？　なかよしなんですか？　ケンカしたりします？　妖怪《ようかい》きょうだいのケンカって、どんなふうかなって思うんですけど……。やまんばのおばあちゃんは、タイヤキお好《す》きなんですよね？　お土産《みやげ》、買ってこようって思ったんですけど、まだお店、開いてなくて、残念《ざんねん》しごく、讃岐《さぬき》は四国《しこく》……なあんちゃって」

ヌラリヒョンパパは、女神《めがみ》さんの矢継《やつ》ぎ早《ばや》のおしゃべりに目が回りそうでしたが、野中《のなか》さんは平気でハンドルをにぎっていました。そもそも、今日、ヌラリヒョンパパが謎《なぞ》の男の子の件《けん》を報告《ほうこく》した時、九十九《つくも》さんの家に女神さんも連《つ》れていくことを決めたのは野中さんでした。野中さんは「ひょっとすると、女神さんの力が必要になるかもしれない」と言ったのです。でも、おしゃべりと注連縄《しめなわ》づくり以外に、女神さんに、どんな特技《とくぎ》があるというのでしょう？　ヌラリヒョンパパは、ペラペラとしゃべり続《つづ》けている女神さんをながめて、こっそり、大きな頭をかしげていました。

東町三丁目B《ビー》棟《とう》の前では、野中さんから連絡《れんらく》を受けた団地《だんち》管理《かんり》局《きょく》の的場《まとば》さんも待っていました。

野中さんと女神さんと的場さんと一緒《いっしょ》に、ヌラリヒョンパパはB棟の地下十二階にある我《わ》が家《や》へと降《お》りていきました。

九十九一家の妖怪たちは、本当なら、そろそろ眠《ねむ》りにつこうかという時間でしたが、今日は誰《だれ》もベッドに入ることなく、パパの帰りを待っていました。ヌラリヒョンパパが野中さんたちを連れてくると聞いて、ひょっとすると謎の男の子の正体がわかるかもしれないと、みんな期待していたのです。

「さぁ、さ、どうぞ、どうぞ。おあがりください」

玄関《げんかん》で出むかえたろくろっ首《くび》ママは、みんなをリビングに案内《あんない》しました。リビングには、あの謎《なぞ》の男の子と、九十九《つくも》一家の妖怪《ようかい》たちが勢《せい》ぞろいしていました。

「ステキ！　トンテキ！　大感激《だいかんげき》！」

女神《めがみ》さんの興奮《こうふん》はピークに達《たっ》します。まつげにふちどられた大きな目で、せわしなくまばたきをしながら女神さんはうっとりとリビングの中のみんなを見回しました。

「みんな、こちら、地域共生課《ちいききょうせいか》の女神姫美子《きみこ》さんだよ。みんなも、自己紹介《じこしょうかい》をしなさい」

ヌラリヒョンパパにそう言われて、まず、ろくろっ首ママが、しとやかに会釈《えしゃく》をしました。

「ごあいさつが遅《おく》れました。私、ろくろっ首と申します。主人がいつも大変《たいへん》、

お世話《せわ》になっております」

「いえ、いえ、いえ」

女神《めがみ》さんは、ブンブンと首を横にふりました。

「お世話になってる、なんて、とんでもはっぷん、歩いて十分ですう！」

ろくろっ首ママは、女神さんのへんてこな言葉《ことば》にちょっと面喰《めんく》らったようでしたが、他の家族はみんな、そんなこと気にもとめません。

「わしは、見越《みこ》し入道《にゅうどう》だ。だれかをびっくりさせたい時は、言いなさい。わしが協力《きょうりょく》してやるから」

「うわぁ！　大感激《だいかんげき》ぃ！　その節《せつ》は、ぜひよろしくおねがいしまーすっ！」

「あたしは、やまんばよ。お姉さん、あんたもうちょっと、しっかり食べて、太った方がいいわね。そんなにやせてると、骨《ほね》ばっかりで、食べてもおいしくない……じゃなくて、骨ばっかりで病気になっちゃうわよ」

「ハーイッ！　貴重《きちょう》なアドバイス、ありがとうさん、イモムシャ母さんでーす！」

ヌラリヒョンパパは、調子のいい女神さんのことをあきれてながめていました。

三人の子どもたちがそれぞれ名前を名乗ってしまうと、あの謎《なぞ》の男の子だけが最後《さいご》にのこりました。

ヌラリヒョンパパは、さりげなく、男の子に声をかけます。

「さあ、君も自己紹介《じこしょうかい》をしてごらん。君の名前は？　君は、いったいだれなんだい？」

男の子は、ニコニコ笑《わら》いながら、ヌラリヒョンパパを見上げました。それから、ふと笑顔《えがお》をひっこめ、スルリと視線《しせん》をすべらせ、女神さんをみつめたのです。

すると、不思議《ふしぎ》なことが起こりました。今まで、せわしなくまばたきをしながら、うれしそうにキョロキョロ妖怪《ようかい》たちを見回していた女神さんが、大きく目を見開いたまま、動かなくなりました。

なんと言えばいいのでしょう。女神《めがみ》さんはまるでマネキン人形にでもなってしまったように、すべての動きを止めて固《かた》まり、ただ大きくうつろに目を見開いたまま、リビングの入り口につっ立っていました。

「おや？　女神さん？」

その様子に気づいて、女神さんの肩《かた》に手をかけようとするヌラリヒョンパパを野中《のなか》さんがそっと制止《せいし》しました。

「待ってください。しばらく、そのまま。女神さんの様子を見てみましょう」

するとその時です。とつぜん固まったまま、女神さんがしゃべりだしました。

「ワレハ、学校ノ守リ神デアル。山ムコウノ松山町《まつやまちょう》ノ、松ノ木《まつのき》小学校ヲ、永《なが》ク、守護《しゅご》シテマイッタ」

女神さんの口からもれるその声が、さっきまでとまるでちがった不思議《ふしぎ》なひびきを帯《お》びているのに驚《おどろ》いて、九十九《つくも》一家のみんなは顔を見合わせました。

野中さんが、謎《なぞ》の男の子にむかって深々と頭をさげました。そして野中さん

は男の子に問いかけました。

「学校の守り神様。どうぞ、お名前をお名乗りください。あなた様のお名前は、なんとおっしゃるのでしょうか？」

すると、また、女神《めがみ》さんがしゃべりました。

「ワレニハ、三ツノ名前ガアル。松《まつ》ノ木明神《きみょうじん》、学校童神《どうじん》。松ノ木小学校ノ学校ボッコト呼《よ》ブ者モイルゾ」

どうやら、男の子の言葉を、女神さんが代《か》わりにしゃべっているようです。

男の子は、女神さんの言葉を通して、自分が学校の守り神だと名乗ったのです。

野中《のなか》さんは、驚《おどろ》いている妖怪《ようかい》たちの前で、また、学校の守り神と名乗った男の子に語りかけました。

「守り神さま、学校ぼっこ様。あなた様のお守りになっておられた松の木小学校は、あとひと月ほどで、取《と》り壊《こわ》され、なくなってしまいます。あなた様はきっと、そのことをご存《ぞん》じでしょう。学校がなくなれば、あなた様の住処《すみか》もなくなります。住処のなくなった後、あなた様は、どうなさるおつもりなのでしょうか。どうなさりたい、とお考えなのでしょうか。もし、何か、ご希望《きぼう》がございましたら、どうぞ、おっしゃってください」

野中さんがそうたずねると、いままでうつろだった女神さんの目が、キリキリとつりあがりました。

「ワレノ住処ヲ、勝手ニ取リ壊ストハ、ユルセンゾ！　松山町ノヒトビトニ、今コソ、祟《たた》リヲ、ナサン！」

「そうこなくっちゃ！」と叫《さけ》んだやまんばおばあちゃんを、ヌラリヒョンパパが厳《きび》しい目でにらんでだまらせました。

「イシシシシシ！　やったー！　タタリだあ！　人間どもをやっつけろー！」と叫んだマアくんは、ろくろっ首《くび》ママに、そっと背中《せなか》をこづかれて口を閉《と》じました。

野中さんは、また静《しず》かな声で、守り神の男の子にしゃべりかけました。

「守り神様、家も学校も道路も町も、人間がつくるものにはすべて、寿命《じゅみょう》があるのです。永遠《えいえん》に変《か》わらないものは、一つもありません。学校もまた、生まれれば、いつかなくなるのが人の世の定《さだ》め。どうかお怒《いか》りをしずめ、これからは、新しい学校の守り神として、学《まな》び舎《や》と子どもたちをお守りください。どうか、どうか、お願いいたします」

「新シイ学校？」

目をつりあげていた女神《めがみ》さんが、首をかしげて聞き返しました。

「そうです。あなた様をぜひ、化野原南小学校《アダシノハラ》におまねきしたいのです」

野中《のなか》さんは熱心に男の子にむかって言いました。

「化野原団地《だんち》には、小学校が三つございます。化野原東小学校と、化野原西小学校には、実はもう既《すで》に、学校ぼっこの神様がおられるようです。しかし、南小にはまだ神様がおられません」

「化野原南小学校？」

女神さんと、的場《まとば》さんと、それから九十九《つくも》さんちの妖怪《ようかい》たちがみんなで声を合わせて聞き返しました。

野中さんは、大きくうなずきます。

「そうです。化野原南小学校はこの化野原団地の南地区に開校した、まだ新しい小学校です。さっきも申しあげたとおり、守り神はいらっしゃいません。そのところはキチンとリサーチ済《ず》みですから、どうぞご安心ください」

「ほんとうかしら」

とりあえず、何にでもいちおう文句《もんく》をつけないと気のすまない、やまんばおばあちゃんが口をはさみました。

「そんなこと言っちゃって、あんがい、みんなの知らないうちに、化野原南小学校にも神様が住みついてるかもしれないわよ。神様なんてものは、めったに、人前にも妖怪の前にも出てこないもんなんですからね。いくら新しい学校だからって、絶対《ぜったい》に神様が住んでいないとは言えないんじゃない?」

野中《のなか》さんは、しかし、おばあちゃんの言葉《ことば》に自信たっぷり首を横にふりました。

「いいえ、守り神のいらっしゃる学校と、そうでない学校は、すぐに見分けられますよ」

「ほう。どうやって、見分けるんじゃ？」と質問《しつもん》したのは、見越《みこ》し入道《にゅうどう》おじいちゃんでした。

野中さんは、にっこりと微笑《ほほえ》んで答えます。

「守り神のいらっしゃる学校には、必ず、学校の七不思議《ななふしぎ》と呼《よ》ばれるうわさ話が広まっているんですよ。それはね、なぜかというと、学校の神様が、ちょくちょく、先生や子どもたちを驚《おどろ》かそうと、いたずらをしでかすからなんです。学校を守る神様は、いたずらが大好《だいす》きですからね」

野中さんは、そう言うと、ニコニコ笑《わら》いながら、九十九《つくも》一家に囲《かこ》まれた小さな男の子をみつめました。

「守り神様。学校ぼっこ様。そうではありませんか？　あなたも、松《まつ》の木《き》小学校で、ちょくちょく、いたずらを楽しまれたのでしょうね？　理科室のガイコツに散歩《さんぽ》をさせてみせたり、だれもいないはずの音楽室でピアノを鳴らしてみたり、学校の銅像《どうぞう》を走らせてみたり……。

そうやって、先生や子どもたちが、びっくりするのを楽しまれたことでしょう。〝学校の七不思議〞……実は、その正体が、学校を守る神様のイタズラだと知っている人は多くはありません。知っているのは、ほんの一部の専門家《せんもんか》だけです。たとえば、地域共生課《ちいききょうせいか》に勤《つと》める私《わたし》のような人間だけなんです」

今まで、みんなの後ろで、じっと話に聞き入っていた団地管理局《だんちかんりきょく》の的場《まとば》さんが、しみじみとうなずきました。

「そういえば、わしの小学校にも七不思議があったっすねぇ。そうっすかぁ……。あれは神様のイタズラだったんすねぇ……。なるほど、なるほど、言われてみればたしかに化野原《アダシノハラ》東小と、西小には七不思議のうわさがもう広がってるっすね。それなのに南小学校の七不思議《ななふしぎ》のうわさは聞いたことがないっす。それが、まだ、神様の住んでいらっしゃらない証拠《しょうこ》ってことなんすね」

野中《のなか》さんは、もう一度、学校ぼっこの男の子に呼《よ》びかけました。

「いかがですか？　守り神様。守り神様は今日、ひさしぶりに学校にやって来た九十九《つくも》さんの家の子どもたちにイタズラをしかけ、その後も子どもたちについて、この家までやっていらっしゃいました。それは、神様が長い間、ひとりぼっちで退屈《たいくつ》なさっていたからではありませんか？　ひさしぶりに、あの松《まつ》の木《き》小学校の校舎《こうしゃ》に子どもがやって来たのがうれしくって、ついつい家までいっしょについて来てしまったのではありませんか？　もし、このまま、校舎が取《と》り壊《こわ》されなかったとしても、やはり、子どものいない学校は、学校ではありません。学校を守るのが守り神様の役目なら、ぜひ、本物の学校にいらして、そのお力をお貸《か》しください。化野《アダシノハラ》原南小学校の守り神様になって、学校と子どもたちを見守ってやってください」

野中さんの話を聞いていた見《み》越《こ》し入道《にゅうどう》のおじいちゃんが感心したように腕組《うでぐ》みをしてうなずきました。

「うーむ。なかなか、いいことを言いおるわい。やっぱり、イタズラをして、驚《おどろ》かす相手もいないような暮《く》らしは味気ないものじゃからなぁ」

見越し入道のおじいちゃんは、すきさえあればいつだって巨大《きょだい》化《か》して、人間たちをアッと驚かせたいと思っていましたから、野中《のなか》さんの話がしみじみ心にしみたのでしょう。

守り神の男の子も、野中《のなか》さんの話に心を動かされたようでした。固《かた》く閉《と》ざされていた、神様の心の扉《とびら》がちょびっと開くのを、さっちゃんは見逃《みのが》しませんでした。

さっちゃんは、チラリと見えた神様の心の中をのぞいて、言いました。

「あ……、今、化野原《アダシノハラ》南小学校にお引《ひ》っ越《こ》ししてみようかなあ……って思ったよね？」

今度も、男の子に代わって口を開いたのは女神《めがみ》さんでした。

「ソノ小学校ニ、ピアノハ、アルカ？」

「もちろん、ありますよ」

野中さんがうけあいます。

「ガイコツノ標本《ひょうほん》ハ、ドウダ？」

「骨格《こっかく》標本ですね？　りっぱなのが一体、ちゃんとそろっていますよ」

「二宮金次郎《にのみやきんじろう》ノ銅像《どうぞう》ハ、アルノカ？」

「うーん……」と野中さんはうなりました。残念《ざんねん》ながら、化野原南小学校に二宮金次郎の銅像はなかったからです。

それでも、すぐ、野中さんは思いついて、パッと顔をかがやかせました。

「あ……、でも、〝絆《きずな》〟っていうタイトルの手をつないだ男の子と女の子の銅像が、校庭の桜《さくら》の木の下にありますよ」

だまりこんでいる学校ぼっこの男の子を見てさっちゃんがニヤリと笑《わら》いました。

「今、その銅像を走らせてみよっかなって思ったよね？」

「イイダロウ」……と、女神さんが重々しい声で言いました。

「オマエタチガ、心カラ、ソウ、願《ねが》ウノデアレバ、ワレハ、アダシノハラ南小学校へ、マイラン。新シキ小学校ノ、守リ神ニ、ナッテヤロウ。コレヨリ、ワレノ名ハ、学校童神《どうじん》、化野原南明神《みょうじん》、ソシテ、化野原南小学校ノ、学校ボッコデアル」

「ははー」

野中《のなか》さんが、かしこまって深々と頭を下げました。ヌラリヒョンパパとろくろっ首《くび》ママと的場《まとば》さんも、それにならって頭を下げます。

やまんばおばあちゃんは、残念《ざんねん》そうに、ブツブツ言いました。

「つまんないの。もし、祟《たた》りをするつもりなら、あたしも、ひと肌《はだ》ぬいだのに……」

でも、もちろんみんな、そんな言葉《ことば》は無視《むし》しましたから、おばあちゃんは口をとがらしてだまりこむしかありませんでした。

マアくんとハジメくんとさっちゃんは、自分たちについてきた小さな神様をみつめながらささやきあいました。

「神様だったんだね。どうりで妖気《ようき》も出てないわけだ」

ハジメくんが言うと、さっちゃんもうなずきます。

「だから心の中も見えなかったのね。神様ってガードが固《かた》いんだよね。さっきは、チラッと見えたけど……」

「チェッ!! チェッ!! チェッ!! だから、ゲーム強かったんだな。神様だから、あんなに、ついてたんだぜ。ずるいよ、ずるいよ」

小さな男の子は、また、ニコニコ笑《わら》っています。

その時、女神《めがみ》さんが夢《ゆめ》から覚《さ》めたように動き出しました。

バサバサのまつげの目で、せわしなくまばたきをした女神さんは、キョロキョロみんなを見回して「あれっ？」と首をかしげました。

「どうかしました？　あたし、今、なんか、変《へん》なこと言いませんでした？」

その質問《しつもん》に、ヌラリヒョンパパが何と答えればいいのだろう……と考えているうちに、見越《みこ》し入道《にゅうどう》おじいちゃんが、むすっとしながら口を開きました。

「わしが今言いたいことは、一つだけだ」

みんながおじいちゃんに注目すると、おじいちゃんはリビングに集まったみんなを見回して言いました。

「だれか、わしを、プールに連《つ》れていけ」

「とにかく……」と、言ったのはママでした。

「熱《あつ》い紅茶《こうちゃ》をいれましょうね。焼《や》きたてのニンジンケーキもありますよ」

「あ……」と、さっちゃんが言いました。

「あの子が、いないよ」

「えっ?」

みんなは驚《おどろ》いて、リビングのあちこちを見回しましたが、もう、あの男の子の姿《すがた》はどこにも見えませんでした。みんなが、見越《みこ》し入道《にゅうどう》おじいちゃんに注目した、その一瞬《いっしゅん》の間に学校ぼっこの男の子は、消えてしまったのです。

エピローグ

ママのいれてくれた紅茶《こうちゃ》と焼《や》きたてのニンジンケーキをいただきながら野中《のなか》さんは、女神《めがみ》さんの特技《とくぎ》について説明《せつめい》してくれました。

「じつは、女神さんには、口寄《くちよ》せの才能《さいのう》があるんですよ」

「口寄せって、なあに？」

やまんばおばあちゃんが、ケーキをほおばりながらたずねます。野中さんは説明を続《つづ》けます。

「つまり、亡《な》くなった人の言葉《ことば》や、神様の言葉を、キャッチして、本人に代わってしゃべる才能があるんです。ほら、ラジオが電波をキャッチして、音を出すみたいにね。今回、九十九《つくも》さんのお宅《たく》の子どもたちについてきたのは、どうやら妖怪《ようかい》ではなさそうだということだったんで、もしかすると女神《めがみ》さんの出番かもしれない、と思ったわけです。やっぱり、いっしょに来てもらってよかったですよ。女神さんがしゃべってくれなければ、私《わたし》たちに神様の言葉《ことば》は聞こえなかったでしょうからね」

「そうですか……。そんな才能《さいのう》があったとは……」

ヌラリヒョンパパは、うれしそうにニンジンケーキをパクついている女神さんを感心したようにみつめました。

学校ぼっこの男の子が、その後、どうやって、いつ、松《まつ》の木《き》小学校から化野原《アダシノハラ》南小学校に引《ひ》っ越《こ》してきたのかは、わかりません。やまんばのおばあちゃんも言っていたとおり、神様というものは、めったに、人の前にも妖怪の前にも姿《すがた》を現《あらわ》すものではないのですから……。

でも、たしかに神様が引っ越してきたという証拠《しょうこ》に、それからしばらくすると、化野原南小学校では夏休みの当直《とうちょく》の先生の間で不思議《ふしぎ》なうわさがささやかれるようになりました。

夜中、だれもいないはずの教室に電気がついているのを見た……とか。

空っぽのはずの音楽室から、ピアノの音が聞こえた……とか。

理科準備室《じゅんびしつ》のガラスケースの中に入れてあった骨格標本《こっかくひょうほん》がなぜかひとりでに、ケースの外に出ていることがある……とか。

そう、そう。この前は、夜中に学校の近くを通りかかったおじさんが、暗い校庭を走る人影《ひとかげ》を見たそうです。なかよく手をつないで走る、その二つの人影が外灯《がいとう》の近くを通りかかった時、おじさんは、びっくりして腰《こし》をぬかしそうになりました。

だって、それは、化野原南小学校の校庭にある〝絆《きずな》〟という銅像《どうぞう》の二人組だったからです。

そういえば、月も星も出ない真っ暗な夜、小学校のプールから、話し声や笑《わら》

絆

い声が聞こえる、という人もいますが、それは果《は》たして、神様のイタズラかどうかよくわかりません。

だって、あれから後、九十九《つくも》さんちの妖怪《ようかい》たちは、どうも時々、小学校のプールに遊びに行っているようだからです。

そんなうわさが広がり始めたある日、野中《のなか》さんがヌラリヒョンパパに言いました。

「神様というものは、あんがい、気まぐれで、わがままなものですが、一度口にした約束《やくそく》は必《かなら》ず守るのがいいところです。きっと、あの学校ぼっこの神様も、ちゃんと約束を守ってくれたことでしょう。そして約束どおり、これから先、ずっと、化野原《アダシノハラ》南小学校と子どもたちを守っていってくれるはずですよ」

「ただし、ちょくちょく、イタズラをしながら……ね」

ヌラリヒョンパパが笑《わら》いながらそう言うと野中さんはうれしそうにうなずきました。

「もちろんですとも。それが学校ぼっこの本分《ほんぶん》ですよ。だって、考えてもみてください。七不思議《ななふしぎ》のない学校なんて、つまらないじゃありませんか」

もういつの間にか、夏がゆっくり町の上を通りすぎていこうとしていました。あと、もうちょっとで夏休みが終われば、化野原《アダシノハラ》南小学校にも元気な子どもたちの声がもどってくるでしょう。

校庭の隅《すみ》の青々と茂《しげ》る桜《さくら》の木のこずえで、セミたちが、夏の終わりの歌を歌っています。ガランとしたグランドの上を、赤とんぼがスイスイと飛《と》んでいます。

風の中に、かすかな秋の匂《にお》いがしました。

妖怪一家九十九さん
妖怪きょうだい学校へ行く

富安陽子（とみやす・ようこ）
1959年東京都に生まれる。児童文学作家。
『クヌギ林のザワザワ荘』で日本児童文学者協会新人賞、小学館文学賞受賞、『小さなスズナ姫』シリーズで新美南吉児童文学賞を受賞、『空へつづく神話』でサンケイ児童出版文化賞受賞、『やまんば山のモッコたち』でIBBYオナーリスト2002文学賞に、『盆まねき』で野間児童文芸賞を受賞。
「ムジナ探偵局」シリーズ（童心社）、「シノダ！」シリーズ（偕成社）、「内科・オバケ科　ホオズキ医院」シリーズ（ポプラ社）、「やまんばあさん」シリーズ「妖怪一家 九十九さん」シリーズ（理論社）、YA作品に『ふたつの月の物語』（講談社）、『博物館の少女』（偕成社）など、著作は多い。

山村浩二（やまむら・こうじ）
1964年愛知県に生まれる。東京造形大学絵画科卒業。アニメーション作家、絵本画家。東京芸術大学大学院映像研究科教授。短編アニメーションを多彩な技法で制作。第75回アカデミー短編アニメーション部門にノミネートされた「頭山」は「今世紀100年の100作品」の1本に選出される。絵本に『くだもの だもの』『おやおや、おやさい』（福音館書店）、『雨ニモマケズ Rain Won't』（今人舎）など。
『ちいさな　おおきな　き』（夢枕獏・作／小学館）で小学館児童出版文化賞、『くじらさんのー　たーめなら　えんやこーら』（内田麟太郎・作／鈴木出版）で日本絵本賞を受賞。

作者　富安陽子
画家　山村浩二
発行者　内田克幸
編集　芳本律子
発行所　株式会社 理論社
〒101-0062　東京都千代田区神田駿河台2-5
電話　営業 03-6264-8890　編集 03-6264-8891
URL　https://www.rironsha.com

印刷　中央精版印刷
本文組　アジュール

2015年1月初版
2022年10月第4刷発行

装幀　森枝雄司

ISBN978-4-652-20087-2　NDC913　A5変型判　21cm　148P

妖怪《ようかい》一家 九十九《つくも》さん 全10巻

富安陽子・作
山村浩二・絵

妖怪一家九十九さん

化野原の野っ原が団地になることになり、人間たちにまじって団地生活をはじめた妖怪一家。

妖怪一家の夏まつり

盆踊りのやぐらをたてるため、封印の石をどかしてしまったことで起こる大騒動。

ひそひそ森の妖怪

市役所の地域共生課に、住宅建設予定地から気味の悪い声が聞こえると調査依頼がまいこみました。

妖怪きょうだい学校へ行く

アマノジャクのマアくんが見つけた隣町の廃校に妖怪三きょうだいは遊びに行くことにしました。

遊園地の妖怪一家

遊園地の中で怪しいヤツがうろついている。目撃情報を得て九十九さん一家が出動です。

妖怪一家のハロウィン

ヨーロッパ魔もの連合のウォルフ会長さんの家族が、化野原団地にやってくることに。

妖怪一家の温泉ツアー

団地の老人会の旅行に、やまんばおばあちゃんと見越し入道おじいちゃんも参加。さあ、大変。

妖怪一家のウェディング大作戦

タヌキのカップルのために、妖怪一家が夢の結婚式をプロデュース。女神さんが大活躍。

妖怪たちと秘密基地

雑木林のおく、ないしょの秘密基地で、妖怪きょうだいと人間の子どもたちは出会いました…。

妖怪一家の時間旅行

おむすびが転がり穴の中に。それを追いかけ九十九さん一家は江戸時代の化野原に。

絵本

妖怪用心 火の用心

九十九さん一家が数え歌とともに絵本になりました。